シフォン文庫

野獣は黄昏の森で愛に出逢う

花衣沙久羅

集英社

野獣は黄昏の森で愛に出逢う

目次

イラスト／緒田涼歌

野獣は
黄昏の森で
愛に出逢う

プロローグ

ある星のない夜。

野獣は、暗闇の中で従者に言った。

「この呪いは永遠に解けぬ」

野獣はとんでもなく大きな身体《からだ》を持ち、顔の半分に仮面を着けている。醜《みにく》く、恐ろしげな痣《あざ》を隠すためだ。

「我がブリンモアの一族は、多くの砦《とりで》を落とし、大勢の人々の命を奪ってきた。かつては暴君と呼ばれた父リチャードの後を継ぎ、俺は今やブリンモアの領主となった。一族の罪業《ざいごう》を一手に引き受けるは、俺の役目」

野獣の声は低く、喉《のど》の奥で唸《うな》っているかのように曇って聞こえたが、従者は彼のつぶやきの邪魔をしようとはしなかった。

野獣は自分が、少なくとも従者からは愛されていることを知らない。

生まれつきの醜さが、野獣を世間から遠ざけさせ、あらゆる愛から遠ざけさせている。

「一族にかけられた呪いは永遠だ」

野獣は自分を納得させるかのようにくりかえした。

「母でさえ、俺の醜さに耐えきれずに城を去った。戦《いくさ》で脚を痛めた父は家督は譲《ゆず》ったものの、俺を見ることは苦痛でしかなく、城にはけっして顔をお出しにならぬ。いずれ、おまえも去るだろう。俺の気性の荒さと気まぐれに、長く耐えられる従者はいない」

従者は自分のことを言われて、屈辱《くつじょく》を覚えたようだが、口答えしようとはしてこなかった。以前、こういうときに口をはさんで、野獣が自分自身をひどく傷つけたことを覚えているからだ。

野獣は常に、ひりつく痛みに耐えている。

自分よりずいぶん歳下の従者の美しさも、野獣にはときに耐えがたい。すらりとした上背《うわぜい》のある従者は、輝く金髪に青い瞳の持ち主で、彼を目《ま》の当たりにすると、仮面を着けなければならない自分の運命を呪わずにいられないときも、正直あった。

痣さえなければ、美しいと評されるかもしれない艶《つや》のある黒髪も、野獣にとっては、醜さの一部でしかない。切れ長の目も、澄みきった水色の瞳も、鍛え抜かれた長い手足も、筋骨隆々たる戦士の体軀《たいく》ですらも、野獣にとっては化け物の一部だった。

そんな自分に比べて、従者はなんと美しく輝いていることだろう？

穢《けが》れなき存在、まさしく神に許された存在だ。

嗚呼《ああ》。身悶《みもだ》えしそうなほど妬《ねた》ましい。

が、そう思った次の瞬間には、野獣はたちまち反省する。

従者の外見が美しいのは、従者のせいではないのだ。

いずれ野獣の気まぐれに辟易《へきえき》し、野獣のそばから離れてゆくとしても、今のところは、忠義で献身的な、理想の従者だった。

そもそも、外見で人を判断するのは、まちがっている。

野獣は、獰猛《どうもう》で短気な自分自身を激しく嫌っていたが、愚かではなかった。

むしろ非常に賢く、そのことが彼をさらなる不幸に陥《おとしい》れる。

野獣は戦《いくさ》の能力に長《た》け、ブリンモアの一族にさらなる富を与え続けることができた。

だが、どれほど領土を拡張し、一族の発展に尽くしても、当のブリンモア一族には若き領主を恐れ、忌《い》み嫌い、機会さえあれば野獣を討《う》ってブリンモア領を乗っ取ろうとたくらんでいる者も大勢いた。

かつて一族の長として君臨し、イングランド全土に覇者《はしや》の名をなし、国王陛下の覚えもめでたかった父リチャードは、すでに息子を見放し、離れた館で陰気な隠居生活を送っている。

野獣は孤独だった。

孤独は沈黙を生み、ただひたすらに新たなる戦闘を求めさせ、野獣を深い闇の中へと落とし込んでゆく。

野獣は、自分でも気づかぬうちに疲れ果てていた。
生きることに。
そうしていつしか、野獣は夜の徘徊《はいかい》を始めてしまう。
真夜中。
亡霊の森――シーシュモスの森に、巨大な黒い影が不気味にちらつく。
仮面を着けた野獣の名は、グリフィス・ユリス・ブリンモア。
呪われたブリンモア砦の領主。
〝シーシュモスの野獣〟
人々に忌み嫌われることにも慣れ、グリフィスは闇を好むようになっていた――。

シーシュモスの野獣に近づいてはならない。
食い殺されてしまうよ。
あの恐ろしい痣をごらん。
悪魔に刻まれたまだら模様。
呪われた徴《しるし》だよ。

ブリンモアの罪の証《あかし》だ。
近づくんじゃないよ。
丸呑《まるの》みにされて、骨までも砕《くだ》かれてしまうよ……！

第一章　運命の恋

1

十一世紀、イングランド。

初夏。風の強い日。


「風が強い！」

ウェントワースの領主レドワルドが、武装した馬の上で文句を言う。

ほとんど白銀に近いプラツィナ・ブロンドが高く吹きあげられ、宙を舞った。

「これでは軍場《いくさば》にたどり着く前に疲れてしまう！」

腹立たしげな声。

とはいえ、彼は自分のために腹を立てているわけではない。

歩行《かち》の兵士たちや馬たちを思いやって胸を痛めている。

レドワルドはその飾らない性格と、あどけない少年そのものの無邪気な笑顔とで、全領民に愛される評判の領主だった。

実際、彼はまだ十七という若さだ。

父親が急逝《きゅうせい》しなければ、領主の座を継ぐのは、もう少し先になっていたことだろう。

「ご主人さま！　あちらにお妹ぎみが！」

従者の声に、レドワルドが顔を上げる。

にわかに、彼のオレンジ色の瞳に光が射した。

片手を高く挙げる。

「ダーナ！」

一面の緑の丘の上、一本だけ大きく広がる樫木の下に、一頭の白馬が立っていた。

斑《まだら》の入った背に、一人の少女を乗せている。

レドワルドと同じ白銀に輝く長い髪が、太陽の光に透けてきらきらと広がってゆく。

瞳は煌《きら》めく赤。

兄よりも濃い色のその瞳は、光を吸いこむと妖しげな炎の色に輝く。

それが禍々《まがまが》しいとされ、妖精の取りかえ子などと揶揄《やゆ》されることもある憐《あわ》れな娘。

ダーナ・ヴァル・ウェントワース――領主レドワルドの双子《ふたご》の妹だ。

「見送りに来たのか！　俺の雛芥子《ポピー》！」

臆病で、極端に引っ込み思案で、侍女《じじょ》たちにすら憐れまれる双子の片割れを、レドワルドは〝雛芥子《ポピー》〟と呼んで誰よりも大切にしていた。

自分よりも赤みの強い瞳の色を雛芥子《ひなげし》に見立てているのだが、一方で、雛芥子のように明るく前向きになってほしいという祈りも込めている。

「レド……！」

緑の丘を一気に駆けおりてきた妹を、兄が両腕を広げて迎え入れる。

ダーナはレドワルドが自分をしっかりと支えてくれることを疑っていないので、馬の背から白い鳥のように飛んだ。

「ダーナ……！」

双子の妹がその儚《はかな》げな細い腕でしがみついてくるのを、兄は存分に抱きしめる。

長い長い腰までも伸ばしっぱなしの髪は、あいかわらず乱れていて、不器用に編まれた場所とそうでない場所とが混在していた。

侍女たちが手をかけないせいだ。

「おまえに別れも告げないまま行こうとして、悪かったな、ダーナ。だが今朝早く、宿敵ブリンモアの砦《とりで》に不穏な動きがあると報せが入ったんだ。やはりブリンモアは近いうちに我がウェントワース領に攻め入るつもりでいるようだな」

「そんな」

「ブリンモアの領主といえば、かのシーシュモスの野獣だ」

「！」

ダーナは兄の胸の中で小さく息をのんだ。

〝シーシュモスの野獣〟――――それが現在のブリンモアの領主を指す呼称であることは、ダーナも聞き知っている。

ブリンモアの領主がどれほど恐ろしく、残虐非道《ざんぎゃくひどう》な男であるかは有名な話だった。

侍女たちの噂話《うわさばなし》や吟遊詩人《ぎんゆうしじん》が作ってくる詩篇《しへん》にも、おぞましい野獣の物語は余すところなく語られているのだ。

「直接会ったことはないが、噂では卑怯《ひきょう》な奇襲が得意で、奴の通った後には草も生えぬという残酷極まりない怪物らしい。前回の小競《こぜ》り合いでも、信じられないような襲撃を受けた。野獣は何をしでかすか、まったくわからない」

「レ、レド…」

不安げに揺れる妹の瞳に気づいて、レドワルドがはたと口を噤《つぐ》む。

「ああ、すまん。怖がらせるつもりはなかった」

兄の腕がふたたびぎゅっと妹を抱きしめる。

「大丈夫だ。安心しろ、俺の雛芥子《ポピー》。俺が行くからには、敵はすでに叩きのめされたも同じさ。だから、ダーナ、おまえはこれ以上痩《や》せるなよ」

双子はよく似ていたが、兄の鍛えられた身体《からだ》と違い、妹は極端に痩せている。

それが、レドワルドには常に不満だった。

「いいな、ダーナ。約束だぞ。俺がいなくても、ちゃんと食事を摂《と》るんだ。侍女たちが持ってこなくても、厨房《ちゅうぼう》のダヴィッドにおまえの分を取っておくよう頼んであるから、遅くなってもぜったいにもらいに行け。母上が何を言おうと気にするな。おまえはもっと太るべきなんだ」

「レド…」

別れのつらさに涙を浮かべながらも、妹は兄の言葉に必死でうなずく。

ダーナにとって、ウェントワースの領主の館は針の筵《むしろ》だ。

唯一の味方であるべき母親が、領主であるレドワルドだけを可愛《かわい》がって、ダーナのほうにはまったく興味を示さないからだ。いや、興味を示さないどころか、自分の機嫌次第でダーナにつらく当たり、食事を抜くよう命じることさえ稀《まれ》ではないのである。

権力欲にまみれた美貌《びぼう》の母は、領主である長男にはやさしくする価値があると思っているらしく、よく尽くし、何くれと世話をしようとするのだが、女であるダーナには用はないのか、あからさまに態度を変えた。

昔からだ。

レドワルドにもそれはわかっている。

双子が物心ついたときから、母は兄だけを愛し、妹は徹底的に無視し、虐待《ぎゃくたい》する。

だからこそ、レドワルドは妹を守るのは自分だけと思って生きてきたが、どれほど願っても館にいるよりも戦場にいることが多い身では、どうしても完璧《かんぺき》というわけにはいかない。

レドワルドはダーナの頭を撫《な》でると、そのまま強く抱きしめて言った。

「泣くな、ダーナ！　また鷹《たか》の子を連れてきてやる！　おまえ専用の鷹だ。あの高慢ちきな白鷹リリイもひれ伏すような強い鷹を育てるんだ。おまえならできるだろう、俺の雛芥子《ポピー》。いいか、おまえは春に生まれた春の女王だ、ダーナ。俺が戻るまで、自分を大切にしろ。けっして自分を餓《う》えさせたりするんじゃないぞ。おまえの鷹がおまえの食糧を取ってくれる。母上に鞭《むち》打《う》たれるような隙《すき》は見せるな。自分を守るための剣は教えただろう？　おまえは力はないが、けっして筋は悪くないぞ。自分を誇りに思え、ダーナ」

双子のかたわれの声が、ダーナのふるえる身体に染みこんでゆく。

「父上から貰《もら》い受けた宝剣《ダガー》を、おまえに預けたな、ダーナ。あれがおまえの誇りの標《しるし》だ。自分の誇りをけっして見失うな。俺はそのためにおまえにあの宝剣《ダガー》を託したんだ」

兄の熱い胸に押しつけられたダーナの耳に、その声は唯一の神の声のごとく、魂までも響いてくるのだった。

「母上に逆らうことが、おまえにとってどれほどむずかしいかはわかっている。だが、なんとかしろ。俺のために、自分自身を守ってくれ。おまえは俺の半身だということを、忘れてくれるなよ…！」

2

数日後。真夜中。

西の塔。


ダーナはまだ誰も起きてこない午前零時《れい》のうちから、西の塔にある鷹部屋《たか》にもぐり込み、雛《ひな》たちの世話をしていた。

先だっての戦《いくさ》の帰りに、兄レドワルドが見つけて連れてきた巣立ち前の雛たちだが、ダーナは雛たちの世話を任されたことが嬉しくてならず、何かというとここへやってくる。

今、ダーナの横にある高い止まり木には、輝くように美しい白の鷹リリイが陣取っていて、鋭い眼で周囲を見張っていた。

白大鷹のリリイは兄の鷹だ。ウェントワース一気性の荒い鷹で、レドワルド以外の人間が近づくと、恐ろしい勢いで威嚇《いかく》する。ダーナはかろうじて、レドワルドと同じ匂《にお》いの人間として区別されてはいるものの、リリイがダーナから餌《えさ》をもらうことはけっしてなかった。

レドワルドが戻って来ない限り、誰の手からも餌は受け付けない。

レドワルドに操《みさお》を立てていると言っていい。

昼でも薄暗い鷹部屋の中は、ダーナが持ちこんだ小さな燭台《しょくだい》だけでは明るくならず、薄墨色《うすずみ》の闇に近かった。

そんな薄墨色の室内のあちこちから、クークーと啼《な》く鷹や隼《はやぶさ》たちの声が聞こえてくる。

人とのおしゃべりが苦手なダーナには、唯一、ホッと息がつける空間だった。

だが、レドワルドはダーナが鷹部屋に閉じこもることについては、あまりいい顔をしない。

領主の妹であるダーナは、本来なら、ウェントワース領でもっとも尊敬を集めるべき貴婦人であり、いわれのない誹《そし》りや彼女の自信を打ち砕《くだ》くような非難とは無縁であるはずだった。

が、そうはならない。

いわれのない誹り、自信を打ち砕く非難。

ダーナはそれらのすべてを、ほぼ一人の女性から断続的に受け続けていた。

レドワルドとダーナの母であり、いまだに〝お館様〟と称される美貌《びぼう》の女性、ベルガ。

前領主である夫が戦死する前から、長男である息子レドワルドだけを溺愛《できあい》していたベルガは、娘ダーナにはかけらも興味を示さなかった。

いや、いつも母親の前でおどおどと物陰に隠れようとする色素の薄い娘のことは、むしろ嫌っていたと言っても過言ではない。

ダーナは、レドワルドの妹だからこそ、母の目にようやく映っているのであり、レドワルド不在時には、まったく声をかけられないことも稀《まれ》ではなかった。

そして、〝お館様〟のご意向は、従者や侍女《じじょ》たちにも伝染する。

ダーナはウェントワースの姫でありながら、城じゅうの人間から、蔑《さげす》まれ、からかわれるという苦難の道を歩いていた。

幼い頃は太っていたことを理由にからかわれ、十五歳を過ぎたあたりからは、小柄でやせっぽちなことをからかいの種にされた。

ただでさえ、ダーナのようにほとんど色のない金髪は、魔力を宿しやすいとして嫌われる。ベルガの丈《たけ》なす艶《つや》やかな黒髪は、美人の象徴であり、母に似なかったダーナは憐《あわ》れみの対象となった。

実際のところ、ダーナは感じやすい思春期にも美貌《びぼう》の母親と比べられ続け、母であるベルガ自身にすら、醜《みにく》い娘と皆の前で声に出して言われ続けてきた。

そうした失意の日々が、ダーナから完全に女としての自信、あるいは人間としての誇りを奪い去っていったことは想像に難くない。

兄には一度も言ったことはなかったが、ダーナは母親に愛され、ほめられることを、ただただ、心から望んでいた。

兄と同じようにとまでは言わない。

せめてその半分でも、母が自分を見つめてくれたなら、どれほど嬉しいことだろう？

もしそうなるなら、どんないじめにも耐え抜く覚悟があるし、ほんの一日でも母が自分を見つめて過ごしてくれるなら、残りの一年は下働きをして過ごす覚悟だってある。

が、もちろん、そんな覚悟を神に誓ったところで、奇跡は起こらなかった。

ウェントワースに、ダーナを愛する者はいない。双子《ふたご》の兄以外には。

だが、その兄もめったに城へは戻ってこなかった。

現在、イングランド国王ウィリアム一世の治世下において、王侯貴族たちは常に領地を争う臨戦状態にあり、森の多いウェントワース領も例外ではなかった。

特に、隣に位置するブリンモアとは、国王の寵《ちょう》を争う重臣同士として代々犬猿の仲だ。間に広がるシーシュモスの森がなければ、ウェントワースとブリンモアはとっくに全面戦争を勃発《ぼっぱつ》させ、どちらかが滅んでいただろう。

常に一触即発。領主レドワルドはそのぎりぎりのところで鬩《せめ》ぎ合いを続けている。

そんなわけで、レドワルドがウェントワース城に滞在するのは、月の半分にも満たない。

兄の不在時に、ひとりぼっちのダーナが自分の身を守る方法といえば、こうしてこっそり鷹部屋に入り込むくらいしかなかった。

もっとも、日がな一日、鷹部屋に入り浸ったりしたあとは、母や母の息のかかった侍従長《じじゅうちょう》から、どれほど叱《しか》られるかしれやしない。

怒った母からは鳥の糞《ふん》の臭《にお》いをつけた娘となじられ、そばに寄るなと厭《いと》われる。

何度指摘しても鷹部屋へ入りこむダーナの頑強な態度は、侍従長には躾《しつ》け直さねばならない欠点としか映らない。母の怒りにも、侍従長の躾にも、鞭《むち》が伴《ともな》われることが多く、ダーナの背には生傷が絶えない。

だが、鷹や隼たちと意思を交わすことが、たったひとつの小さな楽しみであるダーナには、どんな目に遭《あ》うとしても、このひそかな温もりを手放すことはできないのだった。

と、そのとき。

白鷹リリイが警戒心も露わに鋭く啼《な》く。

いきなり止まり木から飛び立ったリリイに、ダーナはハッと扉のほうを見つめた。

「だれ？」

ダーナは息をひそめて立ち尽くす。

扉はしばらく沈黙した後で、恐るべき音を立てて押し開かれた。

「ご、ご主人さまが……っ」

戦場から、報せを持ってただひたすらに駆け続けてきた若者は、それだけ言うと、その場に倒れこんだ。

伝令だった。

ダーナはすぐにその少年の顔を思い出す。

兄のそばで馬を駆っていた従者だ。

ダーナは白鷹リリイの攻撃から伝令の身体を守りながら、その横にがくりとひざをついた。

兄に何かあったのだ……！

「レ、レド、…レドワルドに何か、あったの…？」

喉《のど》が掠《かす》れて声もよく出ない。

恐ろしい予感に苛《さいな》まれる。

ダーナはすでにポロポロと涙をこぼし、何度も何度も若者のひたいを撫《な》でた。

やがて、若い伝令の眼がふたたび開かれる。

まもなく、永遠の悲しみが告げられた。

3

同日。真夜中過ぎ。

ウェントワースの館。


「うそじゃ…！　レドワルドが討《う》たれるはずがない…！　でたらめを言うと許さぬぞ…っ！」

訃報《ふほう》を受けたベルガが、憤《いきどお》りで顔を真っ赤にしながら、伝令に怒鳴る。

ダーナは母がここまで激昂《げっこう》するのを見たことがなかった。

そのダーナを拒絶するときは、いつも冷ややかに見下ろして、屈辱《くつじょく》的な言葉をかけるだけだ。

そのダーナはといえば、最愛の兄レドワルドの突然の死を、まったく受けとめることができないでいる。

蒼白な現実。蒼白な悪夢。

世界は色をなくして粉々に砕《くだ》け散る。

「姪御よ。どうか落ち着かれよ」

滑らかすぎて捉えどころのない声の持ち主は、ベルガの伯父《おじ》ブルグレッドである。

ベルガと同じ特徴的な灰色の瞳と濃い色の髪と髭《ひげ》を持つ彼は、ベルガの出身一族であるギラント一族の長であり、ベルガにとっては伯父にあたる。

上背はあるが、全体として線が細く、男性としてはかなり細身のほうだろう。そのせいか、声も女性的で細い。

ブルグレッドは姪ベルガが一人では不安だと知らせてきたことを受けて、ウェントワース城を訪れ、幾晩も連続して滞在中なのだった。

「まだはっきりそうと決まったわけではなかろう。ウェントワースの領主はきっと大丈夫だ。そう気に病むな」

「いいえ！」

領主レドワルド直属の忠義な使者が、キッと顔を上げ、伝令としての自分の役目を忠実に果たす。

「ご主人さまが敵の矢でお身体を射貫《いぬ》かれ、崖《がけ》から落ちてゆくところを、この眼ではっきりと見ました……！　お助けすることができず、無念です……！」

使者はその場に泣き崩れ、母ベルガは茫然《ぼうぜん》と彼を見下ろした。

「無念じゃと……？」

母の声色がゆっくりと変化してゆくのを感じる。ダーナはハッと息をのんだ。

「無念、じゃと…?」

母は短い言葉をくりかえす。

恐ろしいことが起こる。

ダーナは直感したが、身体はこわばり、ぴくりとも動かなかった。

こういうときのダーナの直感は外れたことがない。

「そなた以外に、レドワルドが落ちたところを見た者はおるのか?」

美貌の母が伝令のほうへと近づいてゆく。

ダーナの鼓膜を、さらさらという衣擦《きぬず》れの音が揺らした。

「いえ。私一人です。あまりにも急な出来事で、敵の矢がどこから放たれたのかも特定できませんでした。こうしてお知らせするため、その場から逃げ出すだけで精一杯だったのです」

「それはご苦労であった。しかし、知っておるか、使者どの」

「は?」

「ウェントワースの領主は、レドワルドは、いま命を落とすわけにはゆかぬのだ」

ベルガはゆったりとした歩調で、伝令の周囲を歩く。

「反対する者も多かろうと、誰にも知らせずに出立したが、レドワルドは今回、重大な任務を負ってブリンモアに出向いた。戦《いくさ》をしにいったのではない。ブリンモアの領主とひそかに直接の和平交渉を行うところだったのじゃ」

「なんと……！」

驚く伝令の前で、ベルガは艶然《えんぜん》と微笑《ほほえ》んでみせる。

ダーナはちらちらとうごめく母の視線が、伯父ブルグレッドのそれと微妙に絡み合うことに気づいていた。恐ろしいことが起こる。

ベルガは続けた。

「今こうしてウェントワース城にとどまっているわたくしの伯父ブルグレッドが、間に立って座を設けた。だが、むろん罠じゃ」

「えっ？」

「当然であろう？　ブリンモアの領主は凶暴な野獣じゃ。まともに立ち向かっては、こちらが馬鹿を見る。そうならないように、わたくしがレドワルドに命じたのじゃ。ブリンモアの領主と二人きりの交渉と言って誘い出し、野獣が一人になったところで討《う》てと」

「し、しかし、ご領主さまともあろう御方が、そのような卑怯《ひきょう》な手段に訴えるでしょうか」

「息子は、わたくしの頼みとあらば断らぬ」

レドワルドは自分の意思ですべてを決める男だったが、それでも、母親が政治に口を出し、自分を操ろうとしてくるのを、まったく無視できるわけでもなかった。

いざとなれば、ベルガはどんな手段を講じてでも、自分の意見を通そうとしてくる。

その背後には、伯父ブルグレッドの存在があった。

実のところ、この伯父ブルグレッドに、ベルガは若い頃から憧れて傾倒し、長じては、彼の教えに忠実となった経緯がある。

ギラント一族の危機に、ウェントワースの領主のもとへベルガを嫁《とつ》がせ、ウェントワースに援軍を頼んだのも、この伯父である。

ギラント一族は、ウェントワースの領主に救い出されるまで、ブリンモアの執拗《しつよう》な攻撃に遭い、ギラントの領地はほとんど失われる寸前だったのだ。

その結果、ベルガは今でも野蛮《やばん》なブリンモアの一族を怖れ、このまま放っておけば、いずれ必ずやウェントワースを滅ぼし、自分の暮らしをおびやかすであろうと、ほとんど常軌を逸するほどに妄信《もうしん》しているのだった。

「むろん成功する手はずは整えていた。ウェントワースの優秀な兵士たちに、けっしてレドワルドを一人にせぬように命じておいたのだからな。すべてこちらの有利に運ぶはずじゃった。そのような矢先、いったい誰がレドワルドに手を下したものか…」

独り言のようにつぶやきながら、暗い色の瞳は妖しく煌《きら》めいている。

ダーナはちらちらと蠢《うごめ》く母の視線に気づいていた。

そうして伝令の視線を釘付けにしながら、母の白い手がなまめかしく動いたのも、ダーナは見逃さない。伯父ブルグレッドが、その白い手に何かを滑り込ませるのも。

恐ろしいことが起こる。

　そして、いつものように、ダーナにはそれを止めるすべがない。

「のう、おぬしもウェントワースの兵士ならば、宿敵ブリンモアを滅ぼすために、わたくしがどれほど心を砕《くだ》いているか理解できるであろう？」

「は…」

「では、わかってくれるな？　今日のことを他の者たちに知られるわけにはゆかないのだ」

「御意《ぎょい》。固く口を閉ざしております」

「それでは足りぬ」

「え」

　頭を垂れていた伝令が、顔を上げた瞬間だった。

「――――！」

　伝令の首から、バッと血しぶきが上がる。

　ほんの一瞬の出来事だった。

　ベルガが手にした短剣が、伝令の喉《のど》を確実に掻き切っていた。

　伝令自身、何が起こったかわからないままだったろう。

　噴き出した血飛沫《ちしぶき》が、脇に立っていたダーナの衣を赤く染めてゆく。

　ダーナは凄《すさ》まじい恐怖に駆られ、悲鳴を上げることさえできない。

　硬直してその場に立ち尽くしたまま、ぴくりとさえ動けなかった。

伝令は目の前でごとりと倒れ、血しぶきは今やダーナの頬にもかかっている。

大きく目を瞠《みは》ったまま、無言で立ち尽くしている娘を見て、ベルガが美しい形に整えられた眉をひそめた。

「人の血を浴びても黙ったままとは、陰気な子じゃ。昔から変わらぬ。おまえには感情というものがないのだね、ダーナ」

何を言われても、意味を考えることさえできない。

今にも気を失いそうだ。

だが、母親はダーナの状態など気づきもせず、ひたすらに打算を働かせている。

「妖精の取りかえ子とはよう言ったものじゃ。あいかわらず薄気味の悪い赤い眼をして」

「まぁまぁ、姪御《めいご》よ。それはそれで良いではないか。ダーナが人の心を持っておらぬのなら、それは何よりというもの」

「何と?」

「この娘の冷静さは、かえってウェントワースの役に立つかもしれないと、申しておるのだよ美しいベルガ」

役に立つ、という言葉の響きが、茫然自失《ぼうぜんじしつ》のダーナの心を、ほんのわずかだが動かした。

母の役に立ちたい。

それは、誰にも必要とされることなく生きてきたダーナの悲願だ。

一方で、ベルガは自分のことしか考えない女だった。

ウェントワースの領地はもちろん、ウェントワースの富のすべてを、ベルガには自分のものにする正当な理由があるのだ。

あらゆる贅沢《ぜいたく》を自分のものにするための打算だけが、ベルガの脳裏《のうり》で働く。

伯父ブルグレッドの灰色の瞳が、ベルガの思考をまるで見えているかのように促す。

欲深きベルガは、やがて、ギラント一族の伯父が思い描いていることを、同時に共有した。

ベルガは娘の身体を上から下までじろじろ眺め、それからちらりとブルグレッドに確認するかのような視線を送る。

ブルグレッドが得心したようにうなずき返すと、ベルガはにまりと笑った。

「なるほど。その手があったか」

「そう、その手があったのだよ。麗《うるわ》しのベルガよ」

快感に打ちふるえ、悶《もだ》えるかのような声だ。男の声とも思えない薄気味悪さだった。

ブルグレッドは、美貌《びぼう》の姪が自分と同じ考えを持つことに、いつも異様な高揚《こうよう》感を覚える。

ブルグレッドにとって、ギラントの一族を自分と同じ考え方をする者たちで埋め尽くすことは、至上の幸福といってよかった。

ベルガは彼が育てた最高傑作のひとりだ。

そしてギラントの故郷へ戻れば、まだ幾人か、育成途中の姪が彼を待っているのだった。

「ダーナ、よいことを考えついたよ」

母ベルガの灰色の瞳に、血まみれの娘が映っている。

彼女はそんな血糊《ちのり》など見えてもいないかのように、平常と変わらない声で命令した。

「おまえにレドワルドの身代わりをやってもらう」

「――――え？」

母の言葉がよく呑み込めない。

ダーナは恐怖と悲しみと血の渦の中で、ぼんやりと母の声を聞いた。

「おまえたちは双子だし、おまえも身体は貧相だが、背丈はある。甲冑《かっちゅう》をまとえば、どうにかごまかせよう。ダーナ、これからはおまえがレドワルドじゃ。ダーナなどという役立たず娘のことは忘れるがよい。おまえがウェントワースの領主となって、ブリンモアの野獣を暗殺し、このわたくしを守るのじゃ…！」

4

同日。真夜中過ぎ。

晩餐会《ばんさんかい》後のブリンモア城。


「グリフィス様、盃が空《から》ですわ。さぁ、どうぞお飲みくださいませ」

「構うな」

ブリンモアの領主グリフィスは苛々《いらいら》と言い返したが、隣に陣取った若い娘は聞こえなかったふりをして、グリフィスの前のゴブレットに酒をついでくる。

〝ブリンモアの一族が一堂に会する機会を作らねばならん〟

そう言って派手な催《もよお》し物を思いついたのは、前代の領主、グリフィスの父リチャードだったが、グリフィスは城で定期的に催されるこの晩餐会が好きではなかった。

初めのうちこそ礼儀《れいぎ》正しく挨拶《あいさつ》を交わしているが、午前零《れい》時を過ぎれば無礼講《ぶれいこう》になる。男たちはどんちゃん騒ぎの挙げ句、気に入った女を見つけて口説《くど》き始めるのが習いだ。

双方独身であればそのまま結婚に発展することも多く、若い娘や息子を持つ親たちは、虎視《こし》眈々《たんたん》と狙いを定めていた。

「グリフィス様、踊っていただけませんの？」

「まぁ、ご領主様。もっとお召し上がりにならなければ」

「わたくしの父が、ぜひ一度、うちのほうにお寄りいただきたいと申しておりました」

グリフィスは女たちがまとわりついてくるのを、鬱陶《うっとう》しげに振り払う。

そうすると、女たちはようやく野獣らしい一面を見たと言って、大笑いする。

彼女たちは娼婦《しょうふ》でも何でもない。正真正銘《しょうしんしょうめい》のブリンモアの貴族の娘だ。

立派なドレスに身を包み、髪には真珠《しんじゅ》を飾って、いかにも貴族然としている。

だが、下品だとグリフィスは思った。

女の親たちは独身の領主の花嫁の座を狙っている。

女たち自身も、むろんそのつもりだ。グリフィスの醜《みにく》さには目をつぶり、ブリンモアの未来の領主夫人という椅子《いす》しか見ていないのだ。

「愛想がないな、従兄《いとこ》どの。晩餐で何か悪いものでも食ったか？」

そういって馴《な》れなれしくグリフィスの肩をたたいてきたのは、ヴォローダンのオッファ。

彼はグリフィスの従弟の中でも、もっとも領主の座に近く、常々グリフィスにブリンモアの領主はふさわしくないと、あからさまな態度をとっていた。

「それとも、女を悦《よろこ》ばせる自信がないか？　いやいや、立派なものをお持ちの従兄どのに限って、まさかな」

オッファは下卑《げび》たニヤニヤ笑いをちらつかせ、周囲がドッと笑い声に包まれる。

グリフィスはなみなみと酒を注がれた目の前のゴブレットを、ふたたび空にする。

従弟たちは例外なく、グリフィスを疎《うと》んじている。そんな若者たちの挑発に乗っても虚しいだけだ。グリフィスは相手にすまいと決めていた。が。

「なにしろ、従兄どのの母親は天下一の女神だった。誰にでも脚を開くおやさしい女神様だ。従兄どのとて誰の息子か知れぬというものだが、その母親の血を受け継いでいるのだから、床《とこ》での評判は筋金《すじがね》入り……」

オッファは言葉を続けることができなかった。

グリフィスがオッファのほうへ向けて、テーブルをひっくり返したからだ。

テーブルに載っていたすべてのものが滑り落ち、恐るべき大音響を立てて砕《くだ》け散る。

「きゃーっ！」

大広間は大騒ぎになった。

オッファはさんざんに罵詈《ばり》雑言《ぞうごん》をぶちまけながら、打ちつけた足を引きずって大急ぎで退散し、その場は恐慌《きょうこう》を起こした人々と、便乗して食べ物を盗もうとする者たちなどであふれかえり、収拾《しゅうしゅう》がつかなくなる。

グリフィスの周辺からは、蜘蛛《くも》の子を散らしたように人がいなくなった。

深閑《しんかん》とした大広間の中央で、野獣はぽつりとひとり、立ち尽くす。

いつもたいていこんな具合だ。

社交ではまるで役に立たないと、実の父にも見限られた。

足元にちらばった破壊物はそのまま、砕《くだ》け散ったグリフィスの心のようだ。

さんざんに割れ、粉々になって、やがて誰にも見えなくなる。

と、大広間の外からおびえたように自分を観察している従者たちの様子に気づく。

グリフィスは首をかしげ、床にちらばったものを哀しげに眺めると、ゆっくりと大広間から出て行った。


「だんな様！」

人々の目を避け、城門へと向かうグリフィスを追ってくる者がいる。

忠実なる金髪の従者エゼルスタンだ。

「追うな！　俺のことなど構わなくていい！」

エゼルスタンはぴたりと足を止めた。

彼には主人の後悔が伝わっている。

彼は美しい少年の顔を横にかしげて言った。

「だんな様のせいじゃないですよ」

「いいんだ。すまなかった。大広間の片付けを手伝ってやってくれ」

「かしこまりました。ですが、もう一度言っておきますけどね。だんな様のせいじゃないですよ、ぜったい。あれはオッファ様が悪いです。あの人は最低でしたよ」

「ふ」

その最低な男の挑発に乗ったのだ。

そうは言わず、グリフィスは皮肉に笑う。

「どこに行かれるんですか、こんな真夜中に」

「森を散策してくるだけだ。俺は頭を冷やす必要があるだろう？」

少しおどけたようにそう言って、グリフィスは従者の気持ちをほぐそうとした。

心が荒《すさ》むのは自分だけで十分だ。

自分を取り戻したグリフィスは、静かに言った。

「食べ物を無駄にした。料理人に謝っておいてくれないか。あれほど美味《うま》かったのに、惜しいことをしたと」

「わかりました！　拾えるものは拾っておきますよ！　下々の者は喜びます！」

従者エゼルスタンもおどけて敬礼をする。

グリフィスはもう一度従者に微笑《ほほえ》みかけてから、背を向けた。

追ってはいけないのはわかっていながら、従者は追おうとするかのように足踏みする。

そして、主人の大きな背中に向かって叫んだ。

「じき雨になりますよ！　風邪《かぜ》ひかないでくださいね、だんな様！」

5

同日。夜明け前。

雨が降り始めている。


「まずはその鬱陶《うっとう》しい髪を切らねばの」

長いこと放置され、あちこちで絡んでくしゃくしゃになっていたダーナの髪は、母ベルガのそのひと言で切り落とされた。

伝令の血に濡れたままの短剣で、肩につくかつかないかの長さに切られたとき、ダーナは初めて悲鳴をあげた。

どれほど怒鳴られても悲鳴は止まらず、とうとう母親は娘の頬《ほお》を打って黙らせた。

ダーナはそのまま気絶してしまい、ベルガは自分の言うことをきかなかった娘に悪態を吐き捨て、その場を後にしていってしまう。

そうして見捨てられ、自分の髪の渦の中に倒れ伏したまま、真っ白な時が過ぎる。

次に気がついたときは、すでに夕暮れ時で、ダーナは立ち直れなかった。

死の色が少女の頬を覆《おお》っている。

ダーナはもう何もかもどうでもよかった。


シーシュモスの森は深く、常に濃い緑の闇に覆《おお》われている。

陽が暮れてゆく暗い雨の中、ダーナは素足で森の中を走っていた。

切られたばかりの白銀の髪も濡れそぼり、毛先からぽたぽたと水滴を落とし続けている。

瞳からも同じように雫《しずく》があふれていたが、ダーナは無言で走り続けていた。

シーシュモスの森は危険に満ちていると言われ、怖がりなダーナは幼い頃から避けてきた場所だったが、今は違う所に行きたかった。

どこでもいい。ウェントワースの城から遠く離れた、知らない場所へ。

兄の死に打ちひしがれ、信じられない、ぜったいに嘘だと心の中で泣き叫び、ダーナは次第に深く森の奥へと足を踏み入れてゆく。

雨が全身を濡らしてゆくことなど、気にもならなかった。

慟哭《どうこく》。

雨音が鋼《はがね》のごとくに魂を打つ。

今宵《こよい》、ダーナの中の半身が死んだ。

愛《いと》しい兄。

たった一人、ダーナの存在を認めてくれていた美しいレドワルド。

これからはもう二度と、生きてゆく意味は見つけられないだろう。

「あっ！」

石につまずいて泥の中に転んでしまう。

ザアザアと降りしきる雨に打たれても、ダーナは立ち上がれなかった。

もはやどこにも希望はない。

死にたい。

でも、死んではいけないの…？

兄の身代わりを務めよという母の言葉が、ダーナの耳の中で鳴り響くが、それについては今は何も考えることができない。

ただもう喪失《そうしつ》の恐ろしさに、全身の震えが止まらない。

雨と土と闇の匂《にお》い。

「レド…、レド……、わたしのレド…！」

ダーナは水たまりの中で身体《からだ》を丸め、号泣した。

血濡れた薄い夜着はぐっしょりと濡れて身体に張りつき、全身どこもかしこも泥だらけになっていたが、気にはならない。

このまま土の中に吸いこまれてしまいたかった。

雨に押し流されて、レドワルドと一緒に自分も消えてしまいたい。

ダーナは両手で顔を覆った。

双子《ふたご》なのに、片割れを亡くしてしまって、どうして生きていけるだろう?

ダーナを理解するのはレドワルドだけだった。

喪《うしな》って初めて、自分がどれほどレドワルドに頼って生きていたかを思い知らされる。

生きてはいけない。

もうこれ以上。

どれほどの間、そうして雨に打たれ続けていただろう?

陽が落ち、世界は黄昏《たそがれ》に向かっている。

激しかった雨音も、今はゆるやかになり、しとしとという地面に水の沁《し》む音さえ聞こえなくなろうとしている。

雨は小雨に変わる。

森は闇のヴェールに包まれてゆく。

静けさが世界に満ちる。

冷たくなったダーナの身体は、泥の中に沈んだまま、ぴくりとも動かなかった。

そんなダーナの頬へ、雨の一雫《ひとしずく》が天から落ちる。

昼から夜へ。

黄昏《たそが》れて、沈黙してゆく空。

世界が孤独へと吸い込まれゆく、はざまの時間。

誰かが、ダーナの頬をゆっくりと撫《な》でていた。

最初、ダーナはそれに気づかず、まぶたを閉じたままでゆっくりと黄昏をたゆたうていた。

温かくてごつごつした、太い指だった。

ぬくもりが、頬や下あご、そしてまぶたやひたいにも移動してゆく。

ダーナの意識も次第に目覚めへと浮上してくる。

死にたかったのに、死ねなかった。

わたしは息をしている。

意識を取り戻したダーナが最初に思ったのは、そんな情けなさ。そして絶望。

やがて、夢のようなぬくもりがくちびるを押してきた瞬間に、ダーナははっきりと目覚め、ハッとまぶたを持ち上げた。

横を向いていたダーナの目に飛びこんできたのは、黒い地面と茂みの影。

ちょうど雲間から顔を出してきた月の光が射し込むところだった。

何かの気配を感じて、顔を上に動かす。

と、今度は別のものが映った。

大きな大きな、黒い影。

人だ。男の人…？　なんて大きい…。

ダーナよりもずっと大きな身体をしていると感じる。

顔は暗く影になっていたが、月明かりの下で、ダーナの目は男の顔の一部――――右のひたいからあごまでが、赤黒く変色して爛《ただ》れたようになっているのを目の当《ま》たりにした。

その爛れた痣《あざ》のために、あちこちにゴツゴツとした岩場のような斑《まだら》模様ができている。

その上、くちびるの右側は上に引き攣《つ》れたようになって、痛々しく裂けているのだった。

傷痕《きずあと》？

大ケガをした痕…？　それとも、最初から…？

「……泣いていたのか」

低くて、やわらかなテノールの声が、男の喉《のど》の奥から漏《も》れる。

どういうわけか、おなかの奥がぞくっとふるえて、ダーナは小さく息をのんだ。と。

大柄な男の手がふたたびダーナの頬に伸び、そっとそっと涙の痕を撫《な》でてゆく。

そのあまりにもやさしいさわり方に、ダーナは思わず涙ぐんだ。

「まだ泣きたいか？」

男はぶっきらぼうにそうつぶやき、今度はダーナの身体《からだ》の真上にのしかかってきた。

ダーナは驚き、恐ろしさに息をのむ。

が、次の瞬間、気づく。

男はダーナを雨からかばっているのだった。

その大きな身体を天からの雫の楯にしている。

——やさしくされている。

そう感じてしまった瞬間、ダーナの両の瞳にはどっと涙があふれた。

やさしくしてくれたのは、レドワルドだけ。

もう、どこにもいない。

「うう…っ」

激しくしゃくり上げ始めたダーナを見下ろして、男は困ったように首をかしげた。

「急にひどく泣き出したな。…俺のせいか？」

とまどったような声。

「俺が恐ろしいか？」

ダーナは激しく首を横に振る。

「そっ、そうじゃな…」

しゃくり上げてしまって言葉にならない。

やがて、男が体勢を変えた。
ダーナの腰を抱え上げ、自分の胸の中に抱きしめたのだ。
自分の胸が泥だらけになるのもかまわずに。
「そうか。では好きなだけ泣けばいい。そばにいるから」
やわらかなテノール。
そばにいる?
ずっと?
しのつく小雨から、大事に守られている自分。
もうずっと、誰かにこんなふうに抱きしめられたかった。
レドワルドでさえ、こんなに温かかったことはない。
ぬくもりが、思う存分にダーナを泣かせてくれる。
ダーナは今度こそ、生きるために泣いていた。
自分でも気づかぬうちに。
熱く。
激しく。

6

三日後。夕刻。

ブリンモア城の城壁の外側。

「結局、ウェントワースの領主は来なかったな」

ブリンモアの領主グリフィスが、愛馬の上でぼそりとつぶやく。

彼は甲冑《かっちゅう》を着け、武装していた。

周囲には同じく甲冑を身に着けたブリンモアの貴族たちが控えていて、注意深く領主の動きを監視している。

現在、戦闘中である。敵はウェントワース。

北の砦《とりで》のブリンモアに対し、南の森のウェントワース。

両者は長い間、戦闘態勢にあった。

ウェントワースの戦陣は、北の境界線を越え、ブリンモア城近くにまで押し迫っている。

グリフィスは仮面の内側で水色の瞳をぎらつかせ、全陣形を確認した。

ブリンモア城は高く盛り土をした上に建てられた砦状の城で、眼下を一望できるため、敵・味方双方の陣形を見渡すことができるのだ。

「つまり、端《はな》から和平交渉などするつもりもはなかったということだ。単に戦《いくさ》を仕掛けるための時間稼《かせ》ぎだったんだろう。見ろ。いつもよりブリンモアの領地に深く入り込んできている。小狡《こずる》い連中だ」

「ウェントワースの人間に、誠実さなど求めても無駄かと思いますが」

「ふ。おまえはよほどウェントワースが気に入らないらしい」

従者エゼルスタンの常になく辛辣《しんらつ》な言い方に、グリフィスが軽く目を瞠《みは》る。

「ブリンモアの者なら、みな同じでしょう。そして、僕がウェントワースを気に入るなどということは、天地がひっくり返ってもあり得ないことです」

「なぜだ?」

「ブリンモアの人間なら当然でしょう?」

「どうかな。おまえの憎しみは個人的なもののように思えるが」

「実はおっしゃるとおりです。僕の母はウェントワースの男にひどい目に遭《あ》わされたのです。その男とは子までなしたのですが、結局、他の金持ち女と結婚し、母は捨てられました」

「子はどうした?」

「ウェントワースの男に奪われました。おそらく殺されたでしょう。母は未だにその子どものことを想って泣くことがあるのです」

「…たしかに、ひどい話だ」

「ウェントワースにまともな人間の反応を期待してはいけません。領主レドワルドも若いだけに、非常に短気で野蛮《やばん》な男と聞きます」

「おまえはウェントワースに恨みがあるわけだな、エゼルスタン」

「そうですね。今はブリンモアに戻り、信頼できる女性の館に引き取られてゆったりと過ごしている母ですが、それでも、心には消しても消しきれぬ恨みが降り積もっているでしょう。僕は母が憐《あわ》れでならないのです」

「では、仇《かたき》を討《う》つがよい！」

二人の会話に聞き耳を立てていた貴族の一人が怒鳴る。

そのひと言をきっかけに、ブリンモアの貴族たちがいっせいに騒ぎ立て始めた。

「ウェントワースのやつらを殺せ！　全滅させるのだ！」

「森の境界線まで戻らなければ、皆殺しだ！」

「ブリンモアの領主なら甘い顔を見せるな！　殺せ――――！」

ひどく耳障《みみざわ》りな唸《うな》り声が、喉《のど》の奥を突いて出る。
グリフィスには、それが自分の声だとわかるまでに、しばし時間がかかった。
まさしく野獣の咆吼《ほうこう》だ。
醜《みにく》い自分にふさわしい濁声《だみごえ》。
誰もが恐れる野獣の巨体が、馬上で揺れ、次々に敵を斬《き》り刻んでゆく。
頬にもひたいにも血飛沫《ちしぶき》を浴び、両手が血で滑りそうになって剣を握り直す。
誰もそばに寄ってはならぬ。
シーシュモスの野獣が目覚めてしまったのだから。
人の心を封印して、その罪深き魂を剣で打ち砕《くだ》き、野獣の雄叫《おたけ》びをあげるのは誰だ。
恐ろしい。
俺は自分自身が恐ろしい。
今夜もブリンモアのグリフィスは眠ることはないだろう。
殺戮《さつりく》の野獣に、安らかな眠りは永遠に訪れないのだ――――。

7

同日夜。満月。
ウェントワースの領主の私室。
「名前も聞かなかった…」
「は？　どなたのお名前でしょうか？」
ぼうっとしてつぶやいた言葉を、従者に聞かれて怪訝《けげん》な顔をされる。
ダーナはあわてて何でもないと首を横に振った。
どうかしている。
あんなのは、夢だったかもしれないのに。
でも、気づけば一日中、あの人のことを考えている。
あの人――――シーシュモスの森で出逢《であ》った大きな傷持ちの男の人のこと。
ダーナは無意識に自分の髪にさわった。

絡んでもつれていた箇所の大部分を切り落とされて、肩より少し下に伸びているだけの長さの髪は、思ったよりも快適だった。その上、ふんわりと頰《ほお》のまわりに落ちてくるプラッィナ・ブロンドが、兄を想わせて、ダーナは鏡を見るのが嫌いではなくなっている。

とはいえ、長い髪を失ったのは、やはり悲しかった。

髪は編み込みたい。ふつうの女の人のように。

この長さなら不可能ではないかもしれない。

ダーナは鏡の中の、女の子の自分に言い聞かせる。

きっと綺麗《きれい》に結うことができる。もちろん自分は不器用だけど、今度あの人に会うときは、どうにかして編み込んでみよう……!

「剣をどうぞ、ご主人さま」

「は、はい」

いつまでもぼんやり鏡の中の自分の顔を覗《のぞ》いていたダーナは、従者に言われてあわてて剣を差したベルトを外そうとする。が、太いベルトはダーナの華奢《きゃしゃ》な腰には少々重たすぎ、外すのにも時間がかかってしまう。

と、従者が顔をしかめていることに気づいて、ハッとした。

ダーナがレドワルドのように毅然《きぜん》としていないからだ。

「け、剣だ。十分に磨《みが》いておけ」

ダーナは兄と従者のやりとりを思い出しながら、精いっぱい演技をする。

それこそ、ダーナが期待されていることなのだから。

すでに、ダーナに仕えているのは侍女ではなく、若い男性の従者となっている。

従者は迷惑げだった。一時的に、ダーナをレドワルドとして仕えよと命じられたからだ。

レドワルドの死を知らない若者は、そんな茶番《ちゃばん》には付き合っていられないよと仲間に愚痴《ぐち》ったものだが、ウェントワース城の実質の支配者――ベルガの命令に逆らえる者は、この城には存在しない。

誰もダーナの元の名を呼ぶことはなく、すでにダーナという少女の存在は、ウェントワース城から消されているに等しかった。

「元からいなかったようなものだもの」

思わず独り言を口にしてしまい、またも従者に眉《まゆ》を寄せられそうになる。

ダーナはそそくさと夜着への着替えを済ませて、領主の私室をあとにした。

領主の私室は、ダーナの部屋とは比べものにもならない広さがあり、中央に巨大なベッドがしつらえてある。そんな豪華な私室は、ダーナにはとても落ち着ける場所にはならない。

ここは大好きな兄レドワルドの部屋ではあったが、領主の部屋としての事務的な役割も大きい。母親がダーナがここに近づくことを嫌ったため、ダーナはほとんど室内に立ち入ったことがなかったのだ。

用事があるときは、レドワルドのほうがダーナの私室を訪れるのが常だった。

この先何日経っても、兄のベッドで寝ることには慣れない気がする。

だいたい、男性の従者の前で着替えをしたり、命令を下したりしなければならないのには、正直、戸惑った。

しかも、持ったこともない重たい剣を腰に差さねばならなくなって、一日の終わりには疲労困憊《こんぱい》してしまう。

〝お館様〟の命令でしかたなくダーナに仕えているのがありありとわかる従者の態度に、いちいちびくついて、何か言われるたびにふるえあがってしまっているのも事実だ。

それでもダーナは、そうした変装やレドワルドの役目を請け負うことに対して、ひとことの文句も口にしなかった。周囲が驚くほど覚えも速く、様々なことを学んでゆく。

母親の期待という初めての経験に加え、兄レドワルドの死という恐るべき喪失《そうしつ》を味わって、その穴を埋めようと必死だったのかもしれない。

とはいえ、どれほど兄に似せたとしても、この自分がよもやブリンモアの領主を手にかけることなどできるとは、まったく思えなかった。

レドワルドに教えてもらっていたから、多少は剣も使えるが、それもせいぜい自分の身を守る程度の護身用の技術であり、暗殺のための剣などではなかった。

結局、自分は役に立たないだろう。

あっという間に敵に反撃され、殺されてしまうに決まっている。
そんな暗い予感がダーナの裡《うち》を過《よ》ぎる。
ダーナはもう一度、鏡の中に目をやった。
レドワルドに似せて男装した自分の姿が、そこにある。
死ぬのはダーナのほうが良かったのだと、そうして鏡を見るたび思う。
自分が死んで、兄が生き残ってくれていたら、どれほど良かっただろう……?

8

同日夜。満月。

西の塔の鷹部屋。


シーシュモスの森に黄昏《たそがれ》の瞬間が訪れるのを、ダーナは鷹《たか》部屋の窓から見つめている。

母親や侍従長の罵声《ばせい》を浴びながら、それでもどうにかウェントワースの領主としての一日の修業が終わると、ダーナは必ずここを訪れるようになっていた。

男としての扮装を解き、ひとりの女の子としての自分を取り戻す時間だ。

先ほど不器用な手で、どうにか女性らしい形に髪も結い上げたところだった。

黄昏の時間は自分に戻る時間。

そうと決めていた。

男の甲冑《かっちゅう》を脱ぎ捨てたダーナは、柔らかな女性用のチュニックに身を包み、裾《すそ》の長いドレス姿で、いつものように鷹部屋の鳥たちの世話をして心を落ち着けた。

鷹や隼《はやぶさ》たちは常と変わりなく、ダーナの与える餌《えさ》を無心に啄《ついば》むのだったが、一匹だけ、まったく餌を食べない鷹がいた。

誇り高き白鷹リリイである。

唯一の飼い主と認めたレドワルド以外の人間の手からは、餌はもらわない。

「リリイ」

ダーナは深い同情を覚えながら、リリイに話しかけた。

「レドはもう戻ってこないんだよ。食べなければ死んでしまうよ。ねぇ、リリイ。おねがいだから食べようよ」

ダーナは根気強くリリイを説得しようと試みたが、何を差し出しても見向きもされない。

鷹の鋭いまなざしは、遠く、はるかな場所へと向けられたまま、ぴくりとも動かない。

とうとうダーナはあきらめた。

そして、臨時に用意した容れ物に新鮮な鶏の胸肉を詰めると、リリイに向かって言った。

「わかった。じゃあ、一緒に外に出よう。外なら食べる気になるかもしれないし、気分が乗ったら、シーシュモスの森で自分で餌をとってもいいよ。ね？　お互い、気分を変えよう」

＊

黄昏の時刻は過ぎていた。

暗くなってゆく森の中は、あらゆる場所に魔法の力が眠っているかのようで恐ろしい。

それでもダーナは、自分の腕にリリイを留まらせたまま、足早に前へと進んだ。

陽の落ちた無人の森は不気味で恐ろしく、普通の女性なら一刻も早く家に逃げ帰りたくなるに違いない。

だが、ダーナには帰りたいと思う場所などもうなかったし、それはたぶん、誇り高いリリイも同じだ。

ダーナの足は止まらなかった。

時折、いや、今はもう常に、頭をよぎってゆくのは、あの大きな傷持ちの男のこと。

ダーナはもう一度、あの男に逢《あ》いたかった。

顔に恐ろしい傷痕を持っていたあの人を、ダーナはどういうわけか、恐ろしいとはまったく思っていなかった。

ダーナの足は何かに突き動かされているかのように迷いなく動く。

何かを感じ取っているのか、リリイも黙ってダーナの腕につかまったままでいる。

リリイがいてくれるおかげもあったが、ダーナは森の闇が怖いとは思わなかった。
暗がりに恐怖を感じるより先に、思い出してしまうものがあったから。
信じられないほど広い胸でひとしきり、泣いて、泣いて、泣いた。
結局、あのときのダーナは、泣き疲れて子どものように眠りこけてしまったのだ。
見ず知らずの傷持ちの大男の胸で……！
頬と身体の奥がカッと熱くなった。
ダーナは足を速める。
名前も知らない人だ。
お互いに名乗りもしなかった。
雨がかからないように、大きな木のうろにダーナをそっと横たえていった。
どうやったのか知らないが、泥で汚れていたダーナの身体は綺麗《きれい》に拭《ぬぐ》われていた。
男の姿はどこにもなかった。彼はすでに去っていた。
でも、あの人が今、この森の中にいる気がする。
なぜだろう？
あの大男のことを、考えるだけで胸が詰まる。苦しい。
いるのなら、逢いたい。
いや、逢いたくない。

わけがわからないけれど、逢いたい。

逢わなければならない――――。

千々に乱れる自分の想いに混乱しながら、枯れ枝が折れるような音にハッと立ち止まる。

と。

突然、その百合《ゆり》のごとく真っ白な羽を広げて、リリイが腕から飛び立った。

「リリイ！」

満月の光を頼りに、白鷹の後を追って、必死に森の中を駆けてゆく。

リリイはレドワルドの鷹だ。見失うわけにはいかない。

「リリイ、待って…！」

だが、森の中は暗く、足元もよく見えなかった。

結局、横倒れになった古木につまずいて、ダーナは茫然《ぼうぜん》と上空を見上げた。

木々の上を高く横切って、リリイが優美なその姿を闇に消してゆく。

「獲物でもみつけたのかな。戻ってくる…よね？」

思わずつぶやいてしまう。

これがダーナが訓練している他の鷹たちなら戻ってくるはずなのだが、リリイはレドワルドが訓練した鷹だ。レドワルドもいないのに、戻ってくるだろうか？

そう、戻ってこない。レドワルドは、二度と。

そんな言葉が頭の中で駆けめぐる。心の言葉はいつだって不意打ちだ。

ダーナはくちびるを嚙《か》みしめ、悲しみがあふれるのに耐えた。

泣いている場合ではない。レドワルドのリリイを呼び戻さなければ。

「リリイ！　どこ？　戻ってきて！」

一度は雲に隠れた満月が、ふたたび現れて、世界は夜の光に満ちる。

ダーナは月の光を頼りに木々の間を抜け、茂みを搔《か》き分けて、必死でリリイを呼びながら、森の中を突き進んだ。

満月の光がダーナにも降り注いでいる。ダーナは自分自身が白銀のように光り輝いていることに気づかず、さらに幾つかの茂みを抜けたところで、ふと気配を感じて前へ飛び出した。

「リリイ……！」

夜空に白い羽を広げて、リリイが舞い降りようとしているところを目《ま》の当たりにする。

ダーナは息をのんで、その場に立ち尽くした。

リリイが急降下してゆくその先に、見覚えのある大きな影を見たからだ。

暗い森の中でもわかる大きな影。

巨木の幹に背をもたれさせて座り、まるで眠っているかのようにぐったりとして地面を斜めに見下ろしている。

あの人だ。

傷持ちの大きな男の人……！

リリイを見上げて、ダーナはさっと青ざめた。

どうしてか知らないけれど、リリイは間違いなくあの人の肩を目指している。

彼は何の護身具《プロテクター》も着けていない。リリイの鋭い爪は、きっと彼を傷つけてしまう。

「だめ！　リリイ！」

ダーナは足をもつれさせながら、全速力で駆けだした。

リリイから彼を守ろうと手を伸ばし、目測を誤って足を滑らせる。

次の瞬間、宙に身を投げ出したダーナの身体は、逞《たくま》しい男の腕の中に落下していた。

再会の瞬間。

月光がぱぁっとふたりの全身に降り注ぐ。

「あ…」

ダーナは顔を上げ、彼の身体が奇跡のように金色に輝いているのを見た。

まぶしい。

この人はとても立派な格好をしている。

まるで貴族だ。どこの貴族だろう？

そうして目を細めたダーナは、男の衣服のあちこちに血の痕があるのを発見してしまう。

「血……！　怪我《けが》したの……!?」

血を見て、ダーナが声をひっくり返す。

「ごっ、ごめんね。わたしのせいだよね。さわらせて！　手当てするよ！」

「怪我はしていない」

「え」

「怪我をしたのは俺じゃないんだ」

「そうなの？」

「ああ」

男は大きな身体《からだ》をしていたし、腰にも強そうな剣を帯びた立派な大人の男性だったけれど、そうしてうなずくしぐさはまるで少年のようだった。ワケアリの、傷ついた少年。

「痛くないの？」

「大丈夫だ。ありがとう。だが、傷を負ったほうは痛かっただろうな」

ダーナは男が悲しそうにうつむくのを見つめた。

横から見ても、こちらの胸が痛くなるような目をしているのがわかる。

きれいな水色の瞳。

ダーナは心臓がぎゅっと詰まったようになって、思わず言った。

「痛くなかったかも！」

「？　なぜそう思う？」

「兄が言ってた。戦場では、戦うことに一生懸命になりすぎていて、怪我をしても気がつかないことがあるって。だから、その人も痛くなかったかも」

「そうか」

「うん。まぁ、あとから痛くなったもしれないけど、そのときはちゃんと手当てしてもらえるんじゃない？」

「ああ。そうかもな」

彼が素直にうなずき返してくるのを見て、ダーナはふっと赤くなった。

この人、おっきいのに子どもみたい。

なんか、かわいい。

急に顔が熱くなって上を向いたダーナは、ふと、梢《こずえ》に留まっていた白鷹リリイと目が合ってハッとした。

また向かってくる気だ……！

「うわっ！　何だ？」

いきなり押し倒されそうになって（もっとも、ダーナの力では無理だったが）、傷持ちの男が目を丸くする。

ダーナはうしろを確認しながら叫んだ。

「説明はあと！　これ、着けて！」

自分の腕に着けていた鷹用の護身具《プロテクター》をはずして、さっと男の腕に巻きつける。

ぎりぎりのところで間に合った。

ほんの一瞬のち、リリイは男の太い二の腕を止まり木にして満足そうに喉《のど》を鳴らしていた。

そんなリリイの様子に、ダーナは驚かされずにいられない。

「ほんとにあなたのとこが目標だったんだね。すっかり安心してる。まるでレドの腕に留まってるときみたい」

「レド？」

「兄の名前。リリイはレドの鷹なの。あ、リリイっていうのはこの白大鷹の名前なんだけど」

「百合《リリィ》？　真っ白だからか？」

「うん。そう。兄がつけたの。でも、ほんとびっくり。リリイはレド以外になついたことなんかないんだよ。こないだなんか、鷹部屋に入ってきた従者の頭を突っついて大騒ぎになったんだもの」

「そうか。いきなり知らない人が入ってきて驚いたんだろう。大変だったな」

ていねいで、やさしい言葉。

最後のせりふはリリイに向かって言っていた。

リリイもまた、ごく自然なしぐさで、彼の腕や肩に嘴《くちばし》を擦りつけて甘えている。

そう、彼はごく自然。

あたりまえに、鷹と話している。

ダーナが鷹部屋でこっそりしているのと同じように（そういうところを他の人に見つかると、魔女とか妖精の取り替えっ子とか、ののしられて大変なことになるのに）。

こんな人、はじめて。

ダーナは急に彼のことが知りたくなって訊いた。

「あの、あなたの名前は？　わたしは、ダーナ」

「ダーナ？　ダーナか。ダーナ、ダーナ」

くりかえし、歌うように名前を口にされて、ダーナの頬は真っ赤に染まる。

「あの、それはわたしの名前だから。あなたのは？」

ダーナはまるで子ども相手にするように、自分の胸を指し、それから相手の胸を指す。

傷持ちの男が、目を細めてそんなダーナを見返した。

「俺の名を知りたいのか。なぜだ？」

「なぜって…、だって、名前を知らなきゃ呼べないよ？」

「俺の身分を知りたいのか」

「身分？　それもいいけど、名前が先だよ。教えるのいやなの？」

「そうではないが…」

あきらかにとまどっているような男の態度に、ダーナのほうがとまどう。

「いやなら教えてくれなくていいけど、だったら、あなたのこと、なんて呼んだらいいの？」

傷持ちの男が目をそらす。彼はそして、ぽつりと言った。

「野獣《ビースト》」

「ビースト？　ビースト」

今度はダーナがくりかえす番だった。

その違和感のある名前を、ゆっくりと口の中で転がす。と。

「こんな恐ろしい顔をした男には、似合いの呼び名だろう？」

「えっ」

ダーナはびっくりして顔を上げた。

ごつごつの肌。ぼろぼろに爛《ただ》れた顔の右半分。

大きな痣《あざ》と、引き攣《つ》れたくちびる。でも。

「こわくないよ！」

「ハッ」

ビーストはダーナから目をそらしたまま、自嘲《じちょう》気味に嗤《わら》う。

ダーナはその顔が気にくわない。

「同情はいい。俺のこの顔を見て、こわくないと思う者などこの世に存在しない。実の母親でさえ、俺の顔を見て逃げ出したほどだ」

「そんな。でも。わたしはこわくないもの。信じてくれなくてもいいけど、あなたはとってもやさしいし、目も顔もすごくきれい」

「きれいだと？」

「うん」

ダーナは真正面から彼を見つめて、微笑《ほほえ》んだ。

「とってもきれい。わたしはあなたのこと、ぜんぜん、こわくない」

次の瞬間、奇跡が起こる。

ダーナは目を瞠《みは》った。

ビーストという名の大きな青年の右の瞳から、涙があふれ出したから。

そして同時に、ダーナの赤い瞳からもポロッと涙の雫《しずく》がこぼれ落ちる。

どうしてか、わからなかった。

でも、心がひとつになったのは、わかる。

ずっと孤独だった。

ずっと淋しかった。

ずっと、逢いたかった――――。

初めて逢った瞬間から、いつも、泣いてばかり。

「ダーナ。シーシュモスの森の妖精。俺の天使」

ビーストがダーナの名を舌に載せて告白する。

「きれいなどと言われたのは、生まれて初めてだ」

澄みきった水色の瞳に吸い寄せられるようにして、ダーナはビーストの頬《ほお》に手を伸ばした。

痣のあるゴツゴツした右の頬。

流れ落ちる青い涙を、そっと指で拭く。

そういうときもダーナは器用ではないから、ビーストがくすぐったがって片目をつぶる。

そんな無邪気なしぐさがかわいくて、ダーナは思わず言った。

「ビーって呼んでいい？」

ビーストが顔を傾ける。

ダーナは泣きながら微笑んだ。

「だって、あなたは野獣《ビースト》なんかじゃないから」

こわくなんか、ないから。

「せいぜい、蜜蜂《ビー》ってかんじ？」

「――――」

ビー、が、ダーナをじっと見つめてきた。

吸い込まれそうな水色の瞳。

彼はダーナのくちびるを見つめているのだ。

そう感じたダーナは、息が止まりそうになって大きく目を見開いた。

「ビー…」

ふたりだけの約束事のような呼び名をつぶやこうと、ほんの少し開いたくちびるに、満月の光の雫が降り注ぐ。

淡い金色に輝くくちびる、と、くちびる。

引き攣《つ》れたように歪んでいるビーのくちびるを、ダーナはじっと見つめ返した。

心臓がどくんどくんと大きな音を立てている。

こわいか?

ううん。

目と目だけで会話する。

くちびるが近づいて、ひとつに重なった。

ファースト・キス。

そして。
運命の恋が始まった。

第二章　恋人たち

1

二週間後。真昼。

シーシュモスの森。


「暗いな。雨になるんじゃないか？」

馬上で木々の間の空を見上げて、ダーナはつぶやいた。

甲冑《かっちゅう》に身を包んでいる。男装姿だ。

今はダーナではなく、レドワルドとして戦場に赴《おもむ》くところだった。

このところ、宿敵ブリンモアとの領地をめぐる小競《こぜ》り合いが続いているのだ。

ダーナが直接戦場へ出向くのも、これで三度目になる。

馬にもだいぶ慣れてきた。もちろん、馬にはもともと乗れたのだが、遠出したことがなかったし、甲冑を着けて乗るという芸当には、しばらく慣れなかったのだ。

むろん、こんなふうに大勢の兵士を率《ひき》いて先頭を行くこともなかった。

実際に剣を持って戦ったことはまだなかったが、この位置がどれほど恐ろしいか、ダーナはすでに身をもって知っている。

先だっての小競り合いのとき、ダーナが下した決断が、すんでのところで兵士の三分の一を殺しかけた。

あとでひそかに吐いてしまったほど、恐ろしかった。

あのとき、一瞬にして判断を変えた理由が、今でもよくわからない。

だが、その変更のおかげで、ダーナたちは敵に後《おく》れを取ることなく撤退《てったい》し、兵士を失わずに済んだのだった。

戦場では、一瞬の判断のミスが命取りになる。

ダーナはあらためて、双子《ふたご》の兄レドワルドがどれほどのものをその背に負っていたかを痛感させられていた。

「敵に気づかれずにブリンモア領内に入り込むには、薄暗いくらいのほうがよろしいかと思われます。レドワルドさま」

少しばかり遅れてついてきていた小柄な兵士が、馬を並べて応えてくる。たしか、フロとかいう名前の栗色の髪の若者だ。たぶん年齢的にはダーナと変わらない。

「それに、あの雲の様子では、雨にはならないと思います」

「え？　そうなの、か？」

「はい、おそらく。自分は雲の観察が趣味ですので」

「そうか。素晴らしいな」

ダーナは心から感動して言った。

戦場を駆ける兵士が、たちまち少年の顔に戻る。

「そんな。ご領主さまにそのようにおっしゃっていただけて、光栄です」

「うん。よければ近くにいてくれないか。またすぐ意見を聞きたくなるかもしれない」

「はいっ」

上気した頬。

このそばかすの少年兵は、ダーナがレドワルドになりすましていることを知らない。

もしも知ったら、そのときはこんな無邪気な顔は見せてくれないだろう。

ウェントワース城の中でも、その事実を知っているのはごく一部だけだ。

一度、そのことについて不用意に口に出した侍女《じじょ》が、お館様、すなわちダーナの母ベルガに斬《き》られて以降、ダーナの周囲にはぴりぴりとした緊張感が漂い、おしゃべりをする者が一切いなくなった。

そういう意味では、兵士たちに囲まれている今は、ダーナはむしろ解放されている。

レドワルドのざっくばらんな性格もあったのだろうが、兵士たちはレドワルドにへんな気はまわさず、ほとんど友達のような口をきいてくる者も少なくない。

最初は変装がばれるのではないかと恐れたものだが、レドワルドに近い兵士たちは、レドワルド自身にも似て、無邪気で、あまり疑り深くなかった。

領主の正体を知るのは、母ベルガがダーナの監視を頼んだ三人の護衛兵だけだったが、彼らはベルガよりは心情的にレドワルドに近い兵だったので、そろってダーナに同情した。

戦《いくさ》の場ではダーナの楯となり、日常の場でも、男装しているダーナに不都合がないか親身になって教えてくれたりする。彼らはダーナを完璧《かんぺき》に守護することで、亡き主君レドワルドへの忠誠を示そうとするのだった。

環境が変われば、人も変わる。

ダーナもまた、変わってゆく。

ダーナ自身、自分の変化には驚いていた。

ウェントワースの城では兄の陰に隠れ、できるだけ人目につかないように生きてきたダーナだ。自分には何もできないと思い込み、実際、何もできず、人の迷惑になってばかりだった。

それが、今ではどうだろう。

最終的な決断をダーナ自身で下すことを求められ、最初はパニックを起こしたが、結局、誰かを頼ることはできないということがわかって、どうにか自分の考えを伝えた。

そうしたら、それに対する反応が返ってきて、意見をまとめるという方法も知った。

今では、事前に護衛兵や一般の兵士たちに質問することは恐れなくなった。

そうして情報量が増えるほうが、むずかしい決断もむずかしくないと感じられるようになるとわかったからだ。

あれほど人を恐れ、人から隠れて過ごすことに必死になっていたウェントワース城での日々が、いまでは嘘のようだった。

ダーナは日々、学んでいた。

母親はあいかわらずダーナを罵倒《ばとう》し、役立たずと罵《ののし》ることも少なくなかったが、それでも、ダーナは精いっぱい学び、記憶し、経験値を増やし、領主レドワルド像に近づいてゆく。

もちろん、学ぶ楽しさなどという余裕はなく、追いつめられて覚えさせられ、ようやく身になるという苦痛のほうが多かった。

特に、人の生き死にに関わる判断を下さなければならない段に至っては、起きると毎朝吐いてしまったほど、おびえきったりもしていた。

それは今でも、あまり変わっていない。

こんな恐ろしいことに慣れる日が来るとも思えなかった。

そういう意味では、やはりダーナはレドワルドにはなれないのだ。

兄のような経験も積んではいないし、鍛え抜かれた肉体も持っていないから、当然そこには自信も生まれてこない。

ダメだダメだ、しょせん自分は領主の器《うつわ》ではないのだ。レドには敵《かな》わない。

そうやって自分を卑下《ひげ》しそうになるたび、ダーナは兄の顔を思い浮かべて、そうならないよう自分を叱咤《しった》した。

そして。

思い浮かべる顔はもうひとつ。

ビーの顔。

黄昏《たそがれ》の時間にだけ逢《あ》える、恋人の顔だった。

2

同日。夕刻。

シューシュモスの森の端。


「どうかしましたか?」

ブリンモアの領主、偉大なるグリフィスの顔を見上げて、金髪の従者が怪訝《けげん》そうに訊く。

「何がだ?」

「今、微笑《ほほえ》んでらっしゃいましたよ。とても幸福そうに」

「俺が?　戦闘のさなかにか?」

グリフィスは従者の言葉に失笑した。

宿敵ウェントワースの兵士は手強《てごわ》く、昨夜からずっと激しい戦闘が続いている。

グリフィスは先頭に立って勇猛果敢《ゆうもうかかん》に敵を蹴散《けち》らしていたが、敵も然《さ》る者、いったんは退いても、また人数を増やしてやってくる、という按配《あんばい》だった。

こうして野営地で過ごす時間も長くなっている。

あまり長引けば、兵たちの士気も低下するだろう。

実際のところ、細かい悩みは尽きず、グリフィスは微笑むどころではなかった。

「だいたい、仮面付きの男が微笑んでも、さまにならんだろう」

「さぁ。それはどうでしょう?」

あいまいな言い方をして、じろりとグリフィスににらまれた従者エゼルスタンは、すぐに付け足す。

「だんな様はご存知ないだけですよ。舞踏会などでも、だんな様に誘われたいと思っている娘たちは、案外少なくありません」

「たしかに。領主の妻の座を狙っている女は少なくないな」

「そうではないですよ。もちろん、そういう女性も大勢おりますが、純粋にだんな様に焦がれている娘も、よく見かけます。僕が言うのですから本当ですよ。こう見えて観察眼は鋭いほうです。女たちは例外なく、だんな様を振り返ります」

「恐怖からだ」

「興味からです。恐怖とやらは関係ありません。だいたい、だんな様はいつもご自分のことを軽くお見積もりすぎです。仮面があっても、貴方《あなた》に見とれて目を離せなくなっていらっしゃる女性はたくさんいますよ」

「目を離せない？　呪われた痣《あざ》持ちの領主から？」

「呪われてませんて」

従者エゼルスタンは伸びすぎてきた金髪を掻《か》き上げながら、頑固な主人を見つめる。

「何度も申し上げておりますが、そのように言いふらしているのは、だんな様に敵対するごく一部ですよ。ブリンモアのお身内の中にも、ヴォローダンのオッファ様のように、だんな様を領主の座から追い落とそうとする勢力があるのは」

「よくわかっている。ともすれば叛乱《はんらん》を起こそうと待ち構えている奴らを抑えているのが、この俺に対する恐怖だということもな」

「恐怖というか、だんな様は戦場では戦神マルスのごとく雄々《おお》しく輝きますから、誰もだんな様に逆らおうとは思えないのでしょう」

「あいかわらず口の上手《うま》いやつだな、エゼルスタン」

「お褒《ほ》めの言葉を頂戴《ちょうだい》して光栄です」

「褒めていない」

「そうですか？　それは失礼いたしました」

にこっと笑って、従者エゼルスタンが会話を締めくくる。

最近のグリフィスは、この美しい金髪の従者とだけは気軽な口をきくことができるようで、不思議だった。従者の軽口につられて、自分も冗談を口にすることさえあるのだ。

もっとも、そんな従者もいつか自分を見捨てていなくなるだろうと頑《かたく》なに信じている。

従者エゼルスタンにもそれは伝わってきて、いつも淋しい思いを味わうのだった。

「あれ？　だんな様。またあの白い鷹ですよ」

ふと夕暮れの空を見上げたエゼルスタンが、上空を指さす。

顔を上げたグリフィスは、そこに悠然《ゆうぜん》と羽を広げて舞う一羽の真っ白な鷹を見つけた。

「またか？　先日からよく見かけるな」

「ええ。やはり同じ鷹でしょうか？　あれほど見事な白い鷹はほかに見たことがないですからね。あの白鷹はまるでだんな様を追っているように見えます」

「…いや。どうやら鷹の目的はほかにあるようだぞ」

それまで上空で優雅な旋回を続けていた白鷹が、急に旋回をやめて急降下し始める。

二人が見守っていると、白鷹は斜面を降下し、ちょっとした谷になっている窪地《くぼち》へと到達した。

そこには若い二人の男女がいて、白鷹は男のほうの腕に舞い降りている。

男の腕に鷹匠《たかじょう》が使う護身具《プロテクター》が巻かれているのを遠目に見て、グリフィスが口を開いた。

「誰だ？」

「さぁ。木こりの夫婦でしょうか。敵ではないですよ。武装もしていませんし」

「だが、鷹をなつかせているとは怪しいな。間諜《かんちょう》かもしれんぞ」

「捕らえて吐かせましょう」

「ああ。だが、手荒には扱うな。こちらの勘違いという可能性もある」

「はい！　そのときは、平あやまりにあやまります！」

「鷹の機嫌も損ねるな。こちらはこれから寝るところだからな。遺恨《いこん》を残して安眠を奪われても困る。あの白い姫君は、王侯貴族のごとくに扱ってやれ」

グリフィスのそんな言葉を聞いて、エゼルスタンは目を丸くした。

常に苦虫《にがむし》を嚙《か》みつぶしているかのような表情しか見せなかったあのだんな様が、こんなときにもジョークを口にするようになるとは。

エゼルスタンはなんだか嬉しくなって、はしゃいだ声で返事をした。

「はいっ！　おまかせください！」

3

同日。黄昏間近。

シーシュモスの森の奥深く。


オレンジ色の夕陽の名残《なごり》が、ダーナの顔に影を作る。

もうじき世界は内緒の闇に包まれる。

約束したわけではなかったし、毎日逢《あ》えるわけでもなかったが、逢えるとしたらいつも同じくらいの時間に森にいる。

黄昏《たそがれ》の時刻、最初に出逢った大きなうろのある巨木の前が、ふたりのデートの場所だった。

「ビー？」

誰もいない。

まだ早いのはわかっていたけれど、少しがっかりする。

今日も逢えなかったらと、不安にも感じる。

ううん、来てくれる、と甘く信じる気持ちにもなる。

ビーに逢うようになって以来、ダーナは、良いことも悪いことも、いつもの百倍くらい、いろんなことをいろんなふうに考えるようになっていた。

頭の中にビーがなだれ込んできているみたいだ。

暗く翳《かげ》ってゆく森の中、ダーナは大木の前にふわっと腰を下ろした。

フード付きのマントで身体《からだ》をくるんだまま、立てた膝を抱きしめ、長いスカートの裾《すそ》を足首に巻きつけて丸くなる。

しんと静まり返った森の中で、夜に向かう音が響くのを、膝の上に置いた頬を傾けて聴く。

戦《いくさ》に明け暮れたあとは、こうして女の子の格好に戻って、こっそり野営地を抜け出すのが、ダーナの習慣になりつつあった。

髪はいつものように結って、森で見つけた小花を挿し、女の子らしく飾っている。

ビーが好きな、白くて小っちゃな花だ。最初に髪に挿してくれたのは、ビーだった。

最初のキスはビーから。

二度目のキスはダーナから。

抱きしめた最初は、ダーナ。

身体にさわった最初は、ビー。

最初の日のキスから、ふたりの距離はあっという間に縮まった。

二度目に逢ったときには、角度を変えるキスを何度もくりかえして、それから、舌を絡めることを覚えて、その瞬間、脚の間がじゅっと熱くなることを知った。

今日もし逢えたら、三度目。

これ以上好きになって、またあんなふうにさわられてしまったら、自分の身体はどうなってしまうんだろう?

「はぁっ」

ドキドキしすぎて、胸が苦しい。

ダーナは自分の両手で自分自身を抱きしめた。と。

「いたっ」

つかんだ肘《ひじ》が痛んで顔をしかめる。

ブリンモアの兵士の剣をよけようとして、地面に打ちつけたのだ。

「もう。みんな、めちゃくちゃするんだから。男ってほんと、たいへんだよ」

自分で自分の肘をそっと撫《な》でる。

今日の小競《こぜ》り合いはひどく激しいものになった。

あちこちに打ち身が残っている。

こんな身体でビーに逢おうなんて、まちがっていただろうか?

そう思ったとき、ダーナの耳は鳥の羽ばたきを聞いた。――――ビーだ!

ダーナは立ち上がった。

ビーが来るときはすぐにわかる。

森の動物たちが、みんな、ビーを好きだから。ビーにくっついてくるのだ。

でも、一番びっくりしたのは、白鷹リリイだった。

もう、ほんとに、ビーが大好きで、今ではすっかりビーの追っかけだ。

この羽音も、リリイのものだった。

あの誇り高く、他人にはどちらかと言えば意地悪なリリイが、ビーにだけは敬意を示して、肩や腕に直接降りたりしない。だが、彼に一番近い枝は死守。リリイのものだ。

「ビー」

群がる動物たちとビー。

その聖なる光景を台無しにしないように、できるだけそっと呼びかける。

「ダーナ？」

ようやくダーナに気づいたかのように、立ち止まる。

大きな身体で立ち止まって、首をかしげてじぃっとダーナを見つめる。

ダーナは赤くなってうつむきながら、それでも、ちらちらとビーの身体《からだ》を盗み見た。

着ている服のあちこちが、破れて鉤裂《かぎざ》きになっている？

途中で転んだのだろうか？

爛《ただ》れた肌の上で、水色の瞳が透きとおる。

月のない暗い夜だったが、ダーナには彼の瞳が見えるのだった。

この人は、どうしてもいつも、泣いているように見えるんだろう?

「こんばんは」

おそるおそる挨拶《あいさつ》すると、ビーの顔がゆっくりと笑顔になった。

両手を広げて、ダーナを待つしぐさをする。

ダーナはたたたっと駆けて、彼の腕の中に飛びこんだ。

あったかい。

「こんばんは、俺のダーナ」

「俺の?」

自分でもびっくりするくらい、甘ったれた声が出る。

ななめに見上げると、ビーが身体をかたむけてきて、甘いキスが降ってきた。

何度かやさしくダーナの唇をついばんでから、硬い舌先を出してその唇を割ってくる。

舌先がふれあって、そのままぬるっと絡め合うしぐさが続く。

それだけで、ダーナは自分の身体の奥が熱く潤ったのがわかった。

もじもじと両脚を摺《す》り合わせると、ビーが気づいて、そっとダーナの身体を抱きあげた。

「ビー…」

恥ずかしいのか、うれしいのか、わからない。

ダーナはビーの首にしがみついて、自分の顔を隠した。

「こわいか？　ダーナ？」

ビーがどこか申し訳ないような響きを宿した声で訊く。

ダーナは首を横に振った。

ビーの太い首が炎みたいに熱いと気づいても、恐ろしくはなかった。

これから何が起こるのか、ダーナは本能的に気づいてしまっていたけれど、こわいとは思わなかった。

ビーがこわくないんだから、何もこわくない。

そう、ビーと出逢《であ》ってからのダーナは、何もこわくなくなった。

だから、ウェントワースの領主のふりをして、あんな恐ろしい男たちの戦いに出ていけたのだ。

どうしてこれほど急激に、この大きな傷持ちの人を信頼することになったのか、ダーナにもうまく説明はできなかったけれど、たぶん最初に雨から守ってくれた瞬間から、ダーナは彼を信頼していた。

双子《ふたご》の兄の死に魂が半分に割れて、残りの半分も、みずから引き裂いてばらばらにしようとしていたときに現れたビー。

その顔の痣《あざ》ごと、奇跡のように、ダーナの心のすきまに染み込んできた。

肩まで伸びているくせのある黒髪を、そっと撫《な》でてみる。

ビーがダーナを抱きあげた姿勢のまま、キスしてきた。

唇が自然に開き、ふたりのキスは深くなる。

ダーナはビーの頭にしなやかに腕を巻きつけ、キスはさらに深まった。

ビーはダーナをどこかへ運びたいようだったけれど、ダーナが喘《あえ》ぎながらくりかえすキスに降参して足を止める。

唇が離れると、ダーナはビーの瞳を覗《のぞ》き込むようにして言った。

「ビーの目が好き」

「そんなことは誰も言わないぞ」

「わたしは言うよ」

「ああ。ダーナだけだ。俺の奇跡」

一瞬、ビーの瞳が潤んだように見えた。

だが、ビーはそのまま黙ってダーナを抱きしめたので、ダーナにはその瞳が見えなくなる。

ビーはそのまま、ダーナを自分の秘密の場所へと運んだ。

そこはシーシュモスの森の奥の、岩と緑が重なった神秘的な空間だった。

どうやら古城の跡のようだ。

そばに小さな泉があるようで、滾々《こんこん》とあふれ出す水音が聞こえてくる。

ビーは片腕にダーナを抱いたまま、あらかじめ置かれていたキャンドルに火をつけていく。

次々と浮かび上がってきた周囲の光景に、ダーナは目を瞠《みは》った。

古い石壁には蔦《つた》が這《は》い、ロマンチックな雰囲気《ふんいき》を醸《かも》し出している。地面には敷物も敷かれていて、その上におろされると、とても居心地が良いことがわかった。

周囲を壁に囲まれているので、こぢんまりとした素敵なお部屋にいるかのようだ。

「すごい。ここはあなたの隠れ家？」

「気に入ったか？」

「うん。とっても」

ビーはダーナのために、その素敵な場所がさらに居心地良くなるように細かく改造していたのだが、わざわざ説明したりはしなかった。

ここは愛し合うための場所だ。

ビーの手がダーナの頬《ほお》をそっと覆《おお》う。

大きくて、なぜか器用だと思えるその手は、男の人だということを強く感じさせ、ダーナは気づけば、顔をかたむけ、その手のひらに唇を押しつけていた。

それが始まりの合図のようになる。

ビーはそのまま手をダーナの後頭部に滑らせ、ダーナの顔を上向けさせながらキスした。

最初は浅い、誘うような軽いタッチのキスで、それからやさしく舌を絡めてくるようなキスに変わって、ダーナは微かにふるえ、喘ぎ始める。

ビーのもう一方の空いている手が、ダーナの胸にそっとふれた。

布の上から奏でるようにふれられたとき、ビーの中指の腹がわずかに乳首の上を擦る。

たったそれだけなのに、ダーナはくらりと目眩《めまい》を覚えた。

「ん…っ」

未知の感覚に身をよじる。

ダーナには自分の身体に何が起こっているのか、よくわからなかったが、ビーにはわかっているようだった。ダーナが反応したことで、ビーの動きも確信に満ちてゆく。

「こわいか?」

「こわくない。ビー、すごい」

「すごい?」

「すごく、気持ちいいよ。どうしよう」

ダーナが素直に打ち明けて、ビーが微笑《ほほえ》む。

「ダーナ。かわいい」

「あ…っ」

ダーナの肩からするっと衣が落ちる。

柔らかい女性のドレスは、さらりと腰まで落とされて、ダーナの真っ白な乳房が露わになった。

空気に素肌をさらされる感覚に、ダーナは目をぱちくりとする。

「ダーナ。きれいだ」

溜息と一緒に、ビーがつぶやく。

そんなふうにうっとりと自分の乳房を見つめられたことなんか、ない。

ダーナの全身は朱色に染まり、それを見たビーがまた、笑った。

調子に乗ったなと思うけれど、そんなふうに調子に乗るビーが愛《いと》しくてたまらなくなる。

「これは？　どこでケガをした？」

ふと、ビーがダーナの打ち身や擦《す》り傷に気づく。背にはまだ鞭《むち》の痕《あと》も残っている。

にわかに気色《けしき》ばんだビーの表情が、ダーナの胸を打った。

わたしのこと、心配してる…？　心配してるんだね。

「ころんだの。たいしたことないから、だいじょうぶだよ」

「大丈夫じゃないだろう」

ビーはあちこちに点在しているダーナの傷を見つけては、いまいましそうに眉を寄せる。

ダーナはそのたび、胸がきゅんとなったけれど、ビーが悲しむのはいやだった。

「ビー」

ダーナはおずおずと両手を伸ばす。

「痛くならないように、キスして」

「わかった」

ビーが大きな身体を折り曲げ、ダーナの乳首に口づけてくる。

「えっ」

ダーナはびっくりして抗議しようとする。そんなところにキスして、って言ってない。

だが、声は半分も出ないうちに、喘《あえ》ぎ声に変わった。

ビーがダーナの乳首の一番敏感なところを、舌の先でちろちろ舐《な》めだしたからだ。

「あ…、ぁん…っ」

あんまりにもやさしく舐められて、ダーナは耐えきれずにのけぞった。そうしてバランスを崩しそうになったところで、ビーの腕に支えられ、そのまま敷物の上に横たえられる。

ビーはとても器用で、とても、慣れていた。

この人は何人もの女の人と、こんなふうにしたのじゃないかしら?

ビーの少年のような無邪気さと裏腹な巧みさに、一瞬そんな疑問もよぎったが、それ以上そのことについて深くは考えられなかった。

ビーがダーナの片方の胸にキスしながら、もう片方の胸を巧みな指で愛撫《あいぶ》し始めたからだ。

「ん…っ、んん…っ」

なかば開いたダーナの唇から、ひっきりなしに喘ぎ声が漏れてゆく。

とても自分自身の声とは思えないような恥ずかしい声だ。

「あん…っ、や…っ」

あまりに感じすぎて、どうしていいかわからない。

ダーナが自然に腰を揺らし、身体《からだ》をくねらせ始めると、ビーが顔を上げ、唇にちゅっとキスしてきた。そのキュートなしぐさは、ダーナのことがかわいくてたまらないと言っているのと同じで、ダーナはうれしくなる。

「ん…っ、ビー、わたし、どうしたら」

「大丈夫。上手《じょうず》だよ、ダーナ。大丈夫だ。ゆっくりするから」

ゆっくりされたら死んでしまう。

ダーナはそう思ったけれど、上手と言われて、少し安心する。

だが、どんどん不埒《ふらち》になってゆくビーの指は、くりかえされる熱いキスの間にも、ダーナの腰にまとわりついている衣を掻《か》き分け、ダーナの脚の間に滑り込んできた。

「あっ」

悲鳴のような甲高《かんだか》い声が出る。

「濡れてる」

布の上から尖った小さな場所を擦られて、ダーナの身体はびくんとふるえた。

「ここが、いいのか？」

「んっ、だめっ」

「だめ？」

ビーの声はあくまでやさしかった。やり方も、何もかもやさしいのに、行為だけはちょっと強引で、ダーナは脚を閉じさせてもらえない。

「ビー」

「何だい、ダーナ？」

「ビー…っ」

隠れていた真珠《しんじゅ》を探り当てられて、ダーナの全身はぶるぶるとけいれんする。

ビーはなだめるようにキスしてくれたが、指の動きはいっそう速度を増していた。

それでもちっとも強くはされない。

ただ、風のようにそっと真珠のある場所を撫《な》でられ続けて、じらされる。

その間にも、硬く勃《た》ちあがった胸の突起に指淫は与えられ続けていた。

「あ…っ、ビー、…はぁ…っ」

二ヶ所で同時に感じさせられて、ダーナはのけぞり、いやいやと首を振る。

こんな気持ちいいことが続いたら、ほんとうに死んでしまう。

「すごいな、ダーナ。こんなに感じて」

「あん…っ」

「わかるか？　中がすごく濡れてる」

「や…」

「かわいい」

低い声でそうつぶやかれた次の瞬間、重なっていた布を取り払われ、直《じか》にふれられるのを感じた。ドレスは腰のあたりでくしゃくしゃにたくし上げられているから、下を向いても、ダーナの目にはビーの腕から上が見えるだけで、自分が何をされているのかまではわからない。

「指を挿《い》れてあげよう、ダーナ。大丈夫。痛くはしないよ。気持ちよくなるだけだ」

「ふ…」

うなずき返す。信じているのは変わらなかった。

どうしてと言われても困るけれど、ビーのことは完全に信じていたから、痛くしないと言われれば、痛くないんだろうとダーナは素直に思った。

「はん…っ」

それが良かったのか、やさしく擦られ続けているのが良かったのか、ビーの指は抵抗を受けることもなく、濡れて熱くなった秘所に迎え入れられる。

ビーはそれでも、ダーナがとまどいを感じずにいられるようになるまで、中指はあまり動かさずに待った。

そうしているときも、真珠を隠した場所には親指がひたすらやさしい刺激を与え続けてくるものだから、ダーナの中はさらに潤い、ビーの指を奥へと誘い込む。

「あ…っ、あぁん…」

ダーナの腰が揺れ始める。

なんとかして駆けのぼろうと、欲望に忠実になってゆく恋人を、野獣の水色の目がやさしく見守っている。

「ダーナ」

「ああっ」

ダーナはのけぞった。

ビーが恋人の胸の突起にキスしながら、低い声でささやいた。

「達《い》って」


びくびくと、まだ小刻みにふるえているダーナを、ビーが大切そうに抱きしめている。

熱い身体に抱きしめられ、やさしく肩を撫でられて、ダーナはなぜか泣きたくなった。

目頭《めがしら》が熱い。

レドワルドのことを思い出して、それから、ビーのことを思いやった。

「ビー」

ダーナはビーの顔を見上げ、手を伸ばして痣《あざ》の部分にさわった。

ビーがびくりとふるえたのが伝わる。

ダーナはなぜか言いたくなって、言った。

「やさしくしてあげる」

それは、ふたりでなければ伝わらない言葉だったかもしれない。

ダーナにはビーのつらさがわかったし、ビーにはダーナが自分と同じようにひとりぼっちなのがわかっていた。

ダーナは身体を引きずり上げて、ビーの顔に近づくと、頬とひたいと傷持ちの唇に、そっとキスした。

ビーはやっぱり泣いていて、かわいそうで、いとしかった。

ダーナはなかば本気でくりかえした。

「だいじょうぶだよ。やさしくしてあげるから」

「ダーナ…」

「だいじょうぶ。こわくないから。ビーのこと信じられるから。だから、わたしたち、つながろう」

ダーナは初めてで、そのことは家畜たちの交《まぐ》わい程度にしか知らなかったが、ビーのことは知っていた。

何もこわくはなかった。

ダーナはビーの素敵な黒髪を撫でて、にっこり笑った。

「ね？」


始まってしまえば、ビーはとても大胆《だいたん》だった。

キャンドルの灯りに、ダーナの素肌はオレンジ色に艶《つや》めいて、ビーを誘う。

ビーはダーナに重なり、ダーナを高めて高めて、おかしくなっちゃうと悲鳴をあげさせた。

今夜は風もなく、裸になっても少しも寒くなかった。

脚の間をさんざんに舐めてかわいがられたダーナは、潤いすぎるほど潤って、十分にビーを受け入れる準備ができている。

それでも最初は痛むだろう、すまないと、ビーは先に謝ってきたが、ダーナはううんと首を振った。

痛くてもいいよ。ビーが好きだから。ビーも好き？

好きだよ。俺の天使。俺の妖精。

うん。好きだよね。

笑ってつぶやき返したとき、ビーがペニスの先端を押し当ててきて、ダーナはかすかに息をのむ。

ごめんね。大丈夫？

ビーは身体と同じように大きくて、ダーナは一瞬ひるんだが、ビーの水色の瞳を見上げて、それはがまんすることにした。

だいじょうぶだよ。だいじょうぶじゃなくても、だいじょうぶだから。

わたしのこと信じて。

女の子のほうから言うには、少々おかしな言い方かもしれない。

ビーも微笑《ほほえ》んだ。

「ダーナ」

大きくて、熱くて、深い世界が入ってくる。

焼けつく痛みに悲鳴をあげずにいられない。

なだめるビーの声は聞こえたが、ダーナはビーにしがみつくだけで精いっぱいだった。

最初はそんなふうだった。

とろけるような愛撫《あいぶ》と、広げられてゆく感覚と、つながってゆく確かさ。

恋人どうしになったふたりには、時間も惹《ひ》かれ合うのか、最初の日からあまり間を空けずに再会してしまう。

恋人たちは、今度はゆっくりと互いを確かめ合った。

抱き合うたびに、ダーナの中は変化する。

痛みは薄れて消えてゆき、やがて意識せずにせがむようになってゆく。

ビーは長い時間をかけてダーナを愛《いと》おしみ、ダーナはどんどんビーのやり方に慣れてゆく。

ふたりは互いに夢中になった。

お互いのことを想えば、つらい毎日もつらくなくなる。

恋人と抱き合うことができれば、激しい戦闘も、血の洗礼も、偽りの身分も、忘れ去ることができるのだ。

恋は、始まったばかりだった。

4

さらに二週間後。

ブリンモア領と接する戦場。

「和平交渉?」

野営地の中央に立って、ダーナは泥まみれになった兵士たちの顔を見回す。

疲れ果てた顔ばかりだった。

長引く小競り合いに、ウェントワースの兵士たちもすっかり辟易《へきえき》としているのだ。

かく思うダーナの顔にも泥と埃《ほこり》がこびりつき、一見ではぜったいに女の子とは見破られない自信がある、といった具合だ。

ブリンモア側から届けられた和平の提案に、ダーナは一も二もなくうなずいた。

「わかった。みんなもいい加減に家に戻りたいだろう。提案に応じる。もともと正式な境界線を決めれば済むだけの話だったんだ」

「しかし、そうなりますと、ご領主様みずから交渉の場に立っていただくことになりますが」

ダーナがレドワルドの身代わりを務めていることを知る護衛のひとりが、渋い顔で忠告してくる。

「ブリンモアの貴族は野蛮《やばん》で卑劣《ひれつ》を絵に描いたような連中ばかりですから、何を仕掛けてくるかわかりませんぞ」

「よもや正体が明かされるようなことがあれば、どのような目に遭《あ》わされるか」

「だいじょうぶ。こんな薄汚れたなりをしたやつの正体を疑う者なんていないよ。現に、ここのみんなは、これだけずっと一緒にいるのに誰も気づかない」

「そうでしょうか」

「え？　そうでしょうか、って？」

「夜間に不穏な動きをみせる兵も出ているように思われますが」

「あれは、一時的に家に帰らせてるんだ。小さな子どもや病気の親をかかえた兵士だよ。ちゃんと俺が許可を与えている」

「それはそれは、おやさしいことで」

引っかかる言い方をされて、ダーナがひるむ。

たしかに、ダーナの女らしい判断は、時々甘すぎて、のちにトラブルを生むこともたびたびなのだ。それはダーナも自覚している。

屈強な体軀《たいく》にスキンヘッドの護衛はただでさえ恐ろしげなのだが、このときもまた、にこりともせずにダーナの耳にささやいてきた。

「お忘れではないと思いますが、レドワルド様に矢を放ったのはブリンモアの領主という説が濃厚です。それが本当なら、相手はレドワルド様が本物かどうか確かめようとするでしょう。ブリンモアの領主グリフィス・ユリス・ブリンモアにどのような噂《うわさ》があるか、ご存知ですか？」

「…呪われた領主」

恐ろしい噂話は、ウェントワースの城でも、ダーナの耳に入っていた。

ブリンモアの領主は呪われている――。

「シーシュモスの野獣…」

「そうです。極めて凶暴な相手です。油断せぬようにしてください、レ、レドワ、ル、ド様。敵地ではお守りするにも限界があります」

5

翌日。真昼。

ブリンモア城、城門。

砦《とりで》の城とはよく言ったものだ。

ウェントワースとはまったく違う殺伐《さつばつ》とした灰色の風景に、ダーナはきびすを返して今すぐ帰りたくなりながらも、みなのことを考えてなんとか踏みとどまっていた。

このまま戦いが長引けば、ウェントワースもブリンモアも、どちらの領地も荒れる一方だ。

収穫の秋に向かうこの時期、農地を荒らすのは互いにとって得策とは思えない。

国王陛下も二大領主の争いの激化を懸念《けねん》していると伝え聞く。終わらせなければ。

「レドワルド様」

そのとき、ダーナの馬に近づいてきた者がいる。

振り返ると、そこにはそばかすの若い兵士フロがいて、ダーナと馬を並べているのだった。

「何？　フロ？」

「できれば、お戻りを急がれたほうがいいかもしれません」

「なぜ？」

「嵐が来ます。たぶん、三時間くらいのうちに」

「そうか。わかった。教えてくれてありがとう」

「いえ。当然のことですから」

フロが頬を赤らめて、うしろへ下がる。

ダーナは西の空を見上げた。

黒い雲がゆっくりと流れてきている。

嵐が近づいていた。


石造りの古い城はどっしりとした趣《おもむき》があったが、中は灯りが足りずに、とても暗かった。

ダーナは甲冑《かっちゅう》を着けたままなので、視野が狭められていて、足元がよく見えない。

気をつけて歩いてはいたが、場所によっては段差に気づかず、つまずきそうになって護衛兵に支えられるようなへまもやらかした。

ウェントワースの城だってそれなりに古かったが、これほど荒れてはいないと思う。ダーナはブリンモア城があまり好きになれなかった。

飾り付けというものが一切なく、女性的な柔らかさは微塵《みじん》も感じられない城だ。

ここに至るまでにすれ違った人々の表情も、一様に暗く、第一、みな顔色が悪かった。

おそらく栄養が足りていないのだ。

ブリンモアの城には、幸せな雰囲気《ふんいき》が少しも漂っていない。

敵の一団がやってきているのだから、あたりまえかもしれないが、侍女《じじょ》たちのおしゃべりの声もまるで聞こえない。子どもの声さえ聞かれないのは、少しおかしくないだろうか？

ここにいる人たちはみんな、何かを恐れているかのようだ。

何をこわがっているんだろう？

甲冑の擦れ合う音には慣れたと思っていたダーナだが、ひどく静まり返ったブリンモア城の中では、妙に響いて聞こえる。

ドキドキする自分の心臓の音まで、よく聞こえた。

緊張してはだめ。

レドワルドらしく、堂々としていなくちゃ。

そうやってダーナがなんとか自分を落ち着かせようと心の中で格闘していると、廊下《ろうか》の先を行く案内人がぴたりと止まり、一行もその場で立ち止まった。

「どうぞ。ご領主様がお待ちでございます」
案内人がうやうやしく頭《こうべ》を垂れ、ダーナの心臓はどくんと大きな音を立てる。
ここ？
この向こうが呪われた領主の部屋？
ダーナは高い天井と暗い色の石床の間にある扉を見上げた。
ものすごい大きさの真っ黒な鉄の扉だった。圧倒されずにいられない。
どきん、どきんと、心臓が高鳴り始めた。
なぜだか急に恐ろしくなって、ダーナは指先が冷えてゆくのを感じる。
「中へお入りください」
案内人がそう言うと、重たい鉄の扉が内側からゆっくりと開かれ始めた。
ダーナのひたいから冷や汗が噴き出す。
こわがってはだめ。
呪われたなんて言われていても、そんなの単なるうわさに過ぎないよ。
こわくない。
だいじょうぶ。
自分で自分に必死に言い聞かせる。
頭の中では一所懸命ビーの顔や声を思い浮かべた。そうすれば勇気が出るから。

そうして、扉は完全に開かれた。
「我がブリンモア城へようこそ、ウェントワースの領主どの」
中から男らしい太い声がする。
なぜか、聞いたことがあるような…？
「さぁ。くつろがれるがいい。話は大広間《ホール》での食事のあとにしよう。良いかな？」
ダーナたち一行は、ゆっくりと足を進める。
恐ろしく高い天井の室内は、人の心を封じ込める黒い色で埋め尽くされていた。
異形の魔物を象《かたど》った彫刻や巨大な家具類が、この部屋を訪れる者を圧倒する。
すべてが大きくて、大げさで、人を威圧する雰囲気に満ちていた。
そうして。
もっとも威圧的な雰囲気をまとった男が一人、この広い空間の中心に立っていた。
ブリンモアの領主――――グリフィス・ユリス・ブリンモア。
男がゆっくりと振り返る。
顔の右半分を仮面で覆《おお》ったその大きな男を、ダーナは知っていた。
ダーナの足はその場に凍りつく。
呼吸が乱れ、甲冑の兜《かぶと》の中で酸欠の状態を作ってしまう。
ダーナはよろめいた。

護衛兵に支えられることは避けたかったが、どうしようもなかった。
卒倒しないのがふしぎなくらいだった。
どうして?
どうして、ここにいるの?
ダーナの心が悲鳴をあげる。
仮面を着けていたって、わかる。
まちがえるわけがない。
彼。
世界でただひとりの、ダーナの恋人。

ビー……!

第三章　仮面の男グリフィス

1

嵐になる日。昼間。

ブリンモア城、領主の間。


カツ……、と男のブーツの底が響く。

大理石の床は硬くて冷たそうで、おびえて尖った今のダーナの心を表しているかのようだ。

宿敵ブリンモアの領主グリフィス。

今、ダーナの前に立っている大きくて恐ろしいほどの威厳に満ちた男性が、シーシュモスの森で逢《あ》っていたビーと同一人物とは、とても思えない。

ビーはこんな堂々とした、どこか人を脅《おど》かしているようなしゃべり方はしていなかった。

それに、ビーはあんな皮肉めいた微笑《ほほえ》みも浮かべない。

兜《かぶと》のすきまからブリンモアの領主の顔にちらりと視線を走らせたダーナは、彼の瞳がぎらりと鈍く光ったような気がして、ぞくっとふるえてしまった。

ビーじゃない？　別人なの？

でも、そっくり。背丈から身体つきから、声に目の色まで、何もかもビーと同じ。

双子かも？　ダーナとレドワルドのように？

でも、仮面で隠されている場所は、ビーの痣の場所とまったく一緒。

それどころか、唇のほうまで伸びている爛《ただ》れたような痣は、仮面から隠しきれずはみ出していて、その痣の細部に至る形まで、ダーナにははっきりと見覚えがあるのだった。

ビーだ。まちがいない。

あのビーが、ブリンモアの領主グリフィス…？

じゃあ、ビーがレドを殺したの？

そんな…。

ダーナは動揺《どうよう》して、声も出ない。

一方のグリフィスは、ダーナを見ても少しも動揺した様子はなかった。

男のなりをして武装しているし、兜もつけている今は、ダーナだとわからないのだろう。

「ところで、レドワルドどの」

「は、はい」

「そろそろ甲冑を脱がれたらどうかな？」

軽く揶揄《やゆ》するような口調で提案される。

「それとも、敵の城の中では、とても安心できぬというわけか？」

一転して、凄《すご》みを帯びた声。

脅している。あの、ビーが？

ダーナはキッと唇を結んだ。

相手が誰だろうと、今のダーナはウェントワースの領主としてここにやってきているのだ。目的を達成するまで、自分のなすべきことのみに集中するべきだ。

自分の肩には、ウェントワースの民の未来がかかっているのだ。

ようやく自分を取り戻して、ダーナは兜をはずすべく護衛兵を手招いた。

もしも、目の前の敵の領主がビーだとしたら、兜を取れば、すぐにダーナとわかってしまうだろう。

それでも、逃げるわけにはいかない。今は。自分はウェントワースの領主なのだから。

そう自分に言い聞かせながら、決心して兜を脱ぐ。

兄と同じ白銀に近い薄い色のブロンドが、ふわっとダーナの顔の周りに広がった。

ダーナは決然と顔を上げ、ブリンモアの領主グリフィスをまっすぐに見つめて言う。

「失礼した。貴公の城にお招きいただき、感謝する」

「なるほど。若いな」

「えっ？」

違和感。何も気づかなかった…？

「失敬。噂どおりと思っただけだ。若く、美しいウェントワースの領主レドワルド。彼が前を通ると、娘たちはみな仕事の手を休めて見とれてしまう」

歌うように口ずさまれ、ダーナはあぜんとした。

仮面の奥に見える水色の瞳が、からかうようにそんなダーナを映し出している。

ダーナはごくりと唾《つば》を飲み込んだ。

本当にダーナだとわからなかったのか、それとも、わからないふりをしているだけか。

だが、今ここでダーナだとばらされたら、和平交渉の道は暗礁《あんしょう》に乗り上げるだけだろう。

レドワルドのままでいさせてくれるのなら、それに越したことはないのだ。

結局、そのままウェントワースの領主レドワルドとして、大広間《ホール》へと案内される。

ダーナは胸を張り、肩をそびやかして、すすめられた席に腰を下ろした。

この大広間も、先ほどの領主の部屋と同じく暗い色で統一され、殺伐《さつばつ》とした雰囲気が漂っている。

ずらりと料理を並べられた長いテーブルなどの調度品《ちょうどひん》も、目の前に出された大皿の模様も、なんだか薄気味の悪い異形の悪魔を象《かたど》ったような変わったものが多い。

そうしたものはどれも人をこわがらせ、素直で明るい心を封じ込めるために造られていると思えてならなかった。

悪趣味だ。

ビーの趣味ってこんなのだったの…？

「ブリンモアの料理の味はどうだ？　ウェントワースの人間の口に合うかな？」

ブリンモアの領主グリフィスは、いちいち相手を逆なでするような言い方をする。

ビーはぜったいそんなこと、しなかったのに。

ついビーのことを考えてしまい、ダーナは顔をしかめた。

今は交渉事の最中。集中しなければ。

「料理はおいしいです。素晴らしい。こちらの料理人は極めて優秀だと思う。ありがとう」

グリフィスはダーナの対面に座っている。

常にじっと見張られているようで、ダーナは落ち着かなかった。

「口に合ったなら何よりだ」

「歓迎していただいて感謝する。このようなもてなしまで準備してもらって、城の人たちには相当な苦労をかけただろう」

「苦労?」

「材料を集めるだけでも大変だったと思うので」

「なるほど。なぜそう思う?」

グリフィスはくいとあごを上げ、上から見おろすようにダーナを見つめている。

それは一領主に対しているとは思えないほど傲慢《ごうまん》な訊き方だし、周囲も息をのむほど傲慢な態度だったが、目の前の男にはそうした態度がよく似合っていた。

ダーナは息苦しく感じながらも、勇気をふるって意見を言うことにする。

「ここまで来る途中に、こちらの畑を見た。どこも荒れ果てて、地面はからからに干涸《ひか》らびていた。天候不順のせいもあると思う。でも、荒らしたのはわたし…俺たちだ。俺たちが戦《いくさ》にかまけていたせいだ」

「それで?」

あくまで傲慢な命令口調で先を促す。そういう性格なのだろうか?

ビーとはぜんぜん違う。何がどうなっているんだろう…?

「だ、だから、今すぐ戦をやめよう。お互いの境界線を自然の目標に沿って決めるのがいいと思うんだ。つまり、川とか、谷とか、並んでる高い木とかを目印にして、なるべく平等になるように境界線を決めていく。そうしたら、近くに住んでいる人たちにもわかりやすくていいだろう？」

「……無邪気だな……」

「え…っ？」

独り言のように小さくつぶやかれた言葉が聞き取りづらくて、顔を上げる。

目の前の仮面の男は、引き攣《つ》れた唇をさらに皮肉に歪めていて、ダーナは困惑した。

「ふ。ウェントワースの若き領主は無粋《ぶすい》なことだと言ったのだ」

この人はどうしていつも、相手を不快にするような笑みを浮かべているんだろう？

わたしにきらわれたいのかしら？

宿敵ウェントワースの領主だから？

それとも、わたしが、ダーナだから？

ブリンモアの領主グリフィスは、相手を小馬鹿にしているかのようなその表情を顔の片側に残したまま、肩をすくめて言った。

「今は食事を楽しみたまえ。協定については明日以降にゆっくりと打ち合わせることにする」

「明日以降？　でも、我々はすぐに帰るつもりで」

「無理だな」

そう言って、グリフィスは水色の眼をちらりと高い位置にある窓のほうへ向ける。

宴会場となった大広間は騒がしく、外のことは忘れかけていたが、鎧戸《よろいど》は相当激しく揺れてガタガタと鳴っているようだった。

「嵐だ。今夜はお泊まりいただくほかないだろう」

「でも」

計画を変更されるのは困る。

泊まる用意などしてきていないし、第一この城はなんだか恐ろしくて、早く帰りたいのだ。

グリフィスとビーのことも、もっとよく考えないといけない。

混乱して、わけがわからなくなっている。

このままブリンモアの城にとどまれば、機会を見つけ出して、今にもグリフィスに問い質《ただ》してしまいそうだ。

あなたはビーなの？　ビーがわたしのレドを殺したの？　と。

でも、それをしたら、ダーナがウェントワースの領主でないことも明るみに出てしまうだろう。

ウェントワースの民のことを思えば、それだけは避けなければならない。

ウェントワースの領主レドワルドが死んだと知れれば、明日にもブリンモアの軍隊がウェントワースを襲い、これまでの長い闘争に決着をつけるかもしれないのだから。

ダーナは不安になって、背後に控えているはずの護衛兵を目で探った。

が、用足しにでも行ったか、スキンヘッドの護衛兵の姿は見当たらない。と。

「客室の準備を」

仮面の領主が自分の部下に命じているのが聞こえてきた。

「あ…、いや」

どうにかして断ろうと、ダーナは必死で筋の通った言い訳を考える。

だが、何の言葉も見つからないうちに、グリフィスが有無を言わせぬ声で告げてきた。

「レドワルドどの。そなたにはウェントワースの領主にふさわしい美しい部屋を用意しよう。ゆるりと休まれるがよい」

2

同日。暗い午後。

ブリンモア城、東棟二階。


「無事、足止めできたようだな。グリフィス、おまえにしては上出来だ」

がらがらの濁声《だみごえ》。

息子に呪いをもたらしたと囁《ささや》かれるブリンモアの前領主リチャードが、老いた身を引きずって、めったに訪れないブリンモア城へやってきたのには理由《わけ》がある。

「これでようやく宿年の敵ウェントワースとの決着をつけることができる。にっくきウェントワースめ。この機会を逃してはならんぞ、グリフィス。息子というなら、父を落胆《らくたん》させるな。わざわざ訪れて来た父に、必ずやウェントワースの領主の首を見せるのだ」

父と言いながら、リチャードはグリフィスを息子として扱ったことがない。

グリフィスはあくまで自分の駒《こま》の一つであり、それ以上でもそれ以下でもなかった。

むしろ、グリフィスを恐れていた。いや、グリフィスにかけられた呪いを、と言ったほうがいいかもしれない。

「父上、足元が」

「ええい、放せ。わしにさわるな！　呪われた野獣めが！」

リチャードはここへ来るときには、いつも大量の酒を口にしている。

仮面をつけていてさえ、恐ろしい息子の顔を正視できないからだった。

リチャードは口から泡《あわ》を吹きながらわめき立てた。

「いいな！　命令だ！　敵が酔いつぶれて寝こけているところを、ひと息に殺《や》るのだ！」

「ウェントワースの領主は酒は口にしなかった」

冷静に言い放つグリフィスを、リチャードがよろめきながら憎々しげに見上げる。

が、息子の仮面を目にするなり、さっと視線をそらして怒鳴った。

「では、寝酒でもふるまえ！」

行く先々で大勢を殺《あや》め、屍《しかばね》の山を築くと言われたリチャードは、みずからイングランド王の第一の従者と言い放って憚《はばか》らなかったが、実はたいそうな臆病者だった。

臆病だからこそ殺すのであり、臆病だからこそ虚勢を張るのだ。

若い頃はその臆病さをみずから認め、謙虚に周囲の意見を取り入れる賢く有能な領主であったはずが、あるときをきっかけに、その豊かなる謙虚さを手放すことになった。

グリフィスの母親が城を出ていったことが、もっとも大きな要因だろう。

青天の霹靂《へきれき》のような、妻の裏切り。

その日、リチャードの人生は足元から崩れ落ち、息子の醜《みにく》さを心底嫌悪する最低の父親へと変貌《へんぼう》したのだった。

リチャードは今もって、自分にも息子と同様の呪いがかかっているのでは、と秘かに恐れている。

息子の顔にもたらされた天罰（リチャードはそう表現した）が、いずれ自分にも降りかかるのではないかという疑いは、老いを重ねれば重ねるほど強まった。

グリフィスのいるブリンモア城には居着かず、離れて暮らしているのもそのためだ。

こうして来城しても、けっしてグリフィスと同じ棟には泊まらない。

グリフィスはまだ何やらわめき立て続けている父のそばを離れ、扉のほうへ進んだ。

外では風がうなり声をあげて、その身をブリンモア城の石壁に叩きつけてきている。

嵐はブリンモアの悲劇そのものに荒れくるっている。

どこへ行くと大声で問う父に背を向けたまま、グリフィスは乾いた声でつぶやいた。

「ウェントワースの領主に寝酒をふるまいに行く。それで満足だろう？」

3

同日。夕刻。

ブリンモア城、北翼の貴賓室。


木製の鎧戸《よろいど》がものすごい音を立てている。

ブリンモアの領主みずから認めたとおり、ウェントワースの領主が案内された客間は、目を瞠《みは》るほど華やかで、同時に、とまどうほど上品な部屋だった。

ブリンモア城全体の造りが男の荒々しさに満ちているのに対し、この部屋だけは女性らしい柔らかさを醸《かも》し出していて、ダーナは違和感を覚えずにいられない。

装飾品も、これまで見かけたようなおどろおどろしい魔物の彫像などはなく、かわりに野の花をいっぱいにあしらったタペストリーや、しなやかなレースで編まれた寝台のカバーなどはダーナの女の子らしい心を和ませてくれた。

この部屋は、もともとは女性のものだったのではないだろうか？

とはいっても、ダーナは不安で胸がいっぱいだった。

初めての敵地で、いきなり初めての夜を過ごすことになってしまった。このやさしい色調の部屋なら、領主の部屋よりは落ち着いて過ごせそうだが、とても熟睡できるとは思えない。

そうして、ダーナがとりあえず重たい鎖帷子《くさりかたびら》を脱ごうとしていたときだった。

「失礼いたします」

「えっ！」

背後からいきなり声をかけられ、すんでのところで、ダーナは飛び上がりそうになる。

振り向くと、背の高い金髪の若者が、うやうやしく頭をさげて扉の前に立っていた。

金髪で背が高くすらりとしていて、ものすごく整った顔をした美丈夫《びじょうふ》だ。

ダーナは目を丸くして、衣の前を掻《か》き合わせた。

「じょ、上等な部屋を用意してくれて、ありがとう。ええと」

「私はエゼルスタン。グリフィス様付きの従者です。この部屋はかつて、ご領主様のお母上がお使いになっておられた部屋になるのですが、お気に召していただけたのなら良かったです」

「ああ、なるほど。だから、ここだけやさしい色彩なんだな」

「ここだけ。たしかに」

美しい顔の従者が含み笑いをしているのに気づいて、ダーナはあわてた。

「あっ、ごめんなさい。ほかの部屋がどうとか言っているわけではなくて、あの」

「いえ。ブリンモア城が少々不気味な城であることは、城内の人間も自覚していますよ。私も入ったばかりの頃は恐れたものです。前領主の趣味だったようです。どうぞお気になさらず。よろしければ、ウェントワースのご領主様のお着替えをお手伝いいたします」

「えっ！」

　ダーナの目がますます丸くなる。

「いやっ、いい！　わた、お、俺は人に手伝ってもらうのは好まないのだ！」

「さようでございますか？」

「そっ、そうだ！　気を遣ってもらったのにすまないが、できれば構わないでほしい。この部屋に人を近づけないでくれ」

　しどろもどろになってしまって、相手に不信感を与えないかとあせったが、エゼルスタンという青年はあくまで上品に頭《こうべ》を垂れて、ダーナの邪魔をしないよう一歩うしろへ下がる。

　ダーナはホッとして、あらためて彼のほうを見やった。

　本当に、ずっと眺めていたくなるくらい美しい青年だ。

　美貌《びぼう》であるといっても冷たい雰囲気はなく、微笑《ほほえ》みはやさしく人好きのするタイプで、相手に威圧感などかけらも与えない。威圧感のかたまりだった主人グリフィスとは対照的だ。

　敵の従者なのに、なぜか妙になつかしい感じもあって、人が苦手なダーナにしてはめずらしく、彼と話してみたくなった。

「ええと、あの、エゼルスタンさん？」

「はい」

「俺の護衛を知らないか？　宴《うたげ》の席まではそばにいたはずなんだが、見当たらなくて」

「それはお困りでしょう。お捜しいたします」

「え、あなたが？」

「はい。この城は、何世代にもわたるご領主様がたによって改築が重ねられてきました。その結果、途中で袋小路になっている通路などもあり、迷われる方も少なくありません」

「そうか。たしかに、この部屋に来るまでの廊下《ろうか》も入り組んでいたな。じゃあ、申しわけないけど、捜索を頼んでいいかな？」

「かしこまりました。おまかせください。しかし、レドワルド様は本当に配下の方々を大切になさる御方なのですね」

「え？」

「先ほどの宴の席では、我ら下働きの者たちのことまで気に掛けていただいていたと、だんな様に聞きました。誠に、上に立つ者のお手本のような御方なのですね、レドワルド様は」

「そんな。今回はすごく素敵なもてなしを受けたから、準備をしてくれた人たちに感謝したいと思っただけだよ」

「それを実際に口にして、実行に移してくださる方は稀《まれ》です」

「グリフィス、どのは？　あなたたちにやさしく接してくれる？」

「もちろんです。しかし、だんな様は多くのものを背負っておられますから、…ああ、それはウェントワースのご領主であられるレドワルド様も同じでしたね」

「グリフィスどのにも苦労が多いということか。たしか、ブリンモアの一族の間では跡目争いが激しかったと聞いた。もしかして、今もそうなのか？　グリフィスどのを領主の座から引きずり下ろそうとする勢力が、今もあるのでは？」

「さぁ…、どうでしょうか」

「もしそうなら、グリフィスどのの強い態度も理解できる気がする」

言い淀《よど》み、お茶を濁《にご》そうとしたエゼルスタンの代わりに、ダーナは続けた。

「グリフィスどのはご自分の力を、常にみなに見せつけておかないといけないんだろうね」

「レドワルド様」

エゼルスタンが感じ入ったように、ダーナを見つめてくる。ダーナは赤くなった。

「勝手な想像でものを言った。すまない」

「いえ、レドワルド様。おっしゃるとおりです。私の口からは詳しいことは申し上げられませんが、だんな様は心に常に大変な負担を感じながら生きてこられたのです。ウェントワースのご領主様であらせられるレドワルド様にならば、誰をも寄せつけなくなっただんな様のお気持ちを、察していただけるのではないでしょうか」

「エゼルスタンさん」

今度はダーナのほうが感じ入る番だ。

「あなたはとても素敵な人だ。ご主人様のことを、心から思いやっているんだね」

あなたが美しいのは外見ばかりじゃないんだ、と続けたダーナの赤い瞳はきらきらと輝き、エゼルスタンを映し出す。

エゼルスタンはとんでもないと謙遜《けんそん》したが、ダーナの視線は彼から離れなかった。

なつかしいと感じるふしぎな気持ちなど、ただの気の迷いだろうと思っていた。

だが、こうして間近で彼を見つめていると、なつかしさや親しみやすさはさらに、どんどん大きくふくらんでゆくように思える。

「それで、その、グリフィスどのは弓矢が得意だろうか?」

つい、心を許して訊《い》いてしまう。

レドワルドは矢を射られて、崖《がけ》から落ちて死んだと聞いた。だから。

「だんな様は武芸全般がお得意です。こと弓矢に至っては、師にも天才的と太鼓判《たいこばん》を押されております」

「…そうか」

だとすれば、やはりレドを射たのはグリフィスかもしれない。

グリフィスがビーなら、ビーが、兄の仇《かたき》ということになる?

聞きたくなかった答えに、胸が苦しくなる。

ダーナは胸を押さえてよろめいた。

「大丈夫ですか？」

エゼルスタンがあわててダーナを支えてくる。

「ありがとう。あの、エゼルスタンさん…」

そうして、ダーナがもっと詳しく訊こうと、エゼルスタンの顔を見上げたときだった。

「金髪男が好みだったか？」

扉のほうで声がする。

ハッと振り返ったダーナの目に、物憂《ものう》げに扉に寄りかかったグリフィスの姿が飛びこんだ。

顔の半分を覆《おお》い尽くす歪んだ仮面。

戦士そのものの鍛え抜かれた筋肉質の体躯《たいく》に、豪華なマントをまとって立つ黒髪の領主。

その圧倒的な姿に、ダーナは思わず息をのむ。

――ビー…！

「それとも、黒髪でも金髪でも、利用できるなら誰でも構わないということか」

利用？

何を言っているの？

何のことやらわからず、ダーナはじっとグリフィスを見つめた。

仮面の男はゆっくりとダーナのほうへ近づいてくる。

「エゼルスタン」

ぽかんとして二人を交互に見やっていた従者に、グリフィスが声をかけた。

強い視線はダーナから離さないまま。

「席を外せ。ウェントワースの領主と話がある」

4

同日。日暮れ時。

ブリンモア城、北翼の貴賓室《きひんしつ》。


従者エゼルスタンが扉を閉め、ダーナはブリンモアの領主とふたりきりになる。

話があると言ったくせに、グリフィスはしばらくの間、口を開かなかった。

ダーナは胸を激しく上下させながら、グリフィスに向き合って立っていたが、やがて耐えきれなくなって、顔をそむける。

と、グリフィスが鋭く言った。

「動くな！」

「！」

びくっと身体をすくめたダーナは、グリフィスに背を向けたままその場に立ち尽くす。

「ここは森の中じゃない。逃げられはしないぞ、レドワルド」

グリフィスは意図してその名を口にしている。

わざわざ兄の名前で呼ばれたことが、むしろダーナに真実を告げてきていた。

グリフィスは、ダーナの正体に気づいている。たぶん、最初から。

ダーナの心臓は早鐘を打っていた。

グリフィスの圧倒的な気配が近づいてくる。

まだ鎖帷子《くさりかたびら》を着けたままのダーナには、もちろん俊敏な行動など取れはしない。

そうして立ち尽くしているダーナの周りを、グリフィスはゆっくりと回り始めた。

ダーナは自分の全身を舐めるように見つめられているのを感じる。

無言の時が過ぎる。

グリフィスの手がダーナの肩にかかった。

乱暴ではなかったが、有無を言わさぬ強さで押され、前屈みにさせられる。グリフィスは重さのある鎖帷子を難なく引きあげ、そのまま鎖帷子は音を立てて床に落ちた。

ダーナの身体《からだ》は筒型のチュニックに覆《おお》われているだけになる。

身体の線もあらわになって、秘め事はすっかり明るみに出てしまう。

引き剝《は》がされ、曝《さら》される。

ダーナは無駄とわかっていても、両腕をまわして自分の身体《からだ》をかばった。

そうしてうつむいたダーナの周りを、グリフィスはあいかわらずゆっくりと歩いている。

まるで、獲物を定めた野獣のようだ。

グリフィスの手が伸びる。

最初は頰《ほお》。

太さのある逞《たくま》しい指はそのままあごへと滑り落ち、ゆっくりと首のくぼみを探り始める。

「………」

ダーナは微かにふるえていた。

だが、グリフィスの指は容赦《ようしゃ》がない。

ダーナの華奢《きゃしゃ》な首筋から肩、そして胸のふくらみへと、何の遠慮《えんりょ》もなく移動してゆく。

まるでそれが自分の当然の権利だとでも言うように。

「なぜ来た？」

グリフィスの身体が、完全にダーナの背後にあった。

炎のような体温《ねつ》を感じる。

耳たぶを嚙《か》まれ、そして、低い声でささやかれた。

「ダーナ」

ああ。

乳首の上をかすめるようにグリフィスの親指が通って、ダーナは身体をのけぞらせる。

「やっぱり、わかってたんだね…？　ビー…」

「そんな名で呼ぶな。ここはブリンモアだ。俺はブリンモアの領主だぞ」

「――――」

絶句して何も答えられないでいると、グリフィスがダーナの髪をつかみ、今度こそ本当に乱暴にダーナの顔を自分のほうへ向けさせた。

「もう一度訊く。何をしに来た？　ダーナ」

名を呼ぶ声は、ダーナの口の中に吸い込まれる。

気づけば唇を奪われていた。

大きくのけぞらされた身体は、グリフィスの鍛えられた腕にたやすく捕らえられる。

腕という檻《おり》に囚《とら》われて、ダーナはめまいを覚えた。

「これは、ウェントワース側の差し金か？」

「え…？」

激しすぎるキスに翻弄《ほんろう》されていて、ダーナは一瞬、彼が何を言ったかまったくわからない。

グリフィスはキスをやめずに、ダーナの口の中に言った。

「女を送り込んで、俺を籠絡《ろうらく》しようとしたか」

「んん…っ」

「ダーナ」

攻撃的なキスに身悶《みもだ》えて喘《あえ》ぐダーナに、グリフィスが残酷《ざんこく》に訊く。

「おまえは娼婦《しょうふ》か」

「！　ちがう！」

ダーナは全身に力をこめてグリフィスの腕を振り払った。

そんなふうに思われたなんて、あんまりだ。

必死の顔をして仮面のグリフィスを見上げると、ダーナは叫んだ。

「ちがうよ！　わたし、レドワルドの双子《ふたご》の妹なの！　レドが……あの、具合が良くなくて、代わりに、領主の仕事をやりにきたの！」

レドワルドが死んだとは言えなかった。そこだけ、理性が働いた。

ウェントワースの民のためには、領主の不在を敵の領主に悟られるわけにはいかない。

「嘘をついたのは悪かったけど、だましたかったわけじゃないんだよ！　ほんとうに、ちゃんと和平交渉がしたくて…」

「そんな戯言《たわごと》を信じろというのか？」

恐ろしいほど低い声で返されて、ダーナは息をのんだ。

「無理だな」

仮面の男は死ぬほど冷たくダーナを見下ろしている。

ダーナはぞっとした。

これが、ビー？　あんなにやさしかった、わたしのビーなの？

「ウェントワースの領主が双子だなどという情報も、こちらには上がってきていない」

「え…っ」

これにはさすがにダーナも衝撃を受ける。

ウェントワースの城では、母にさえ疎《うと》まれ、いないも同然に扱われてきた。

だが、まさか本当に、存在をなかったことにされていたなんて知らなかった。

「つまりおまえは、最初から俺をだますために、この城に入り込んできたということだ」

「ち、ちが…」

「ダーナ。ダーナ」

混乱して首を振るダーナを抱きしめ、そのままダーナの身体《からだ》をなぞって滑り落ちてゆく。

そうしてグリフィスは床にひざをつき、まるで許しを請《こ》うかのようにダーナの両脚にすがりついて言った。

「これ以上嘘を重ねて、俺を怒らせるな」

すがられているのに、そんなふうに脅《おど》されて、ダーナはおびえる。

「おっ、怒るの、むりないと思うけど、でもわたし、嘘ついてないよ…！」

「ダーナ」

仮面の男が見上げてくる。

ダーナはふるえながら彼を見つめた。

恐ろしい仮面も、ダーナには恐ろしくない。

恐ろしいのはただ、愛を信じてもらえなくなること。

そして、男は告白する。

「俺が城を抜け出して、シーシュモスの森を彷徨《さまよ》うとき、俺の目には何も映らなかった。時々は身体じゅう泥だらけになっていても、何も覚えていないことさえある。徘徊《はいかい》をやめたいと心から願ったが、気づけば森にいる。自分でもどうしようもない。俺は病《やまい》なのだと思っていた。だが、おまえに逢《あ》ってからは違った。ダーナ。俺はいつもおまえを思い出した。思い出せば、荒れた心も落ち着いた」

戦いに明け暮れ、ささくれ立った魂も、森の妖精に癒《い》やされた。

「ダーナ、俺のダーナ。森で逢うおまえは俺の妖精だった。俺の天使だった。おまえに逢ってさえいれば、俺は自分の罪を忘れられた。俺の醜《みにく》さも何もかも、なかったことにできた……！」

「ビー……」

「だが、おまえは裏切った。森で逢ったときから、俺の正体に気づいていたのか？　そうだ。シーシュモスの野獣の噂《うわさ》は、当然ウェントワースにも届いていたな。ウェントワース側の人間であるおまえが、知らないはずはなかった。おまえは弱っている俺をたぶらかすために……」

「やだ、やめて！」

ダーナは両耳を押さえて思いやりのない言葉を拒絶し、身体を二つに折って叫ぶ。

「裏切ってない…！　裏切ったりしてないよ！　ビー！」

「ビーなどと呼ぶなと言った…！」

荒れくるう魂を抑えきれずにグリフィスが立ち上がり、ダーナの肩をつかんで揺さぶる。

「下手《へた》な変装などして、俺がおまえを見抜けないと思ったか？　俺がどれほど、おまえに逢いたいと思っていたか、おまえにわかるか？」

「わ、わたしだって逢いたかった。いつも、逢いたいよ、ビー！」

「嘘はやめろ！」

空気を振動させるような怒号に、ダーナはぎゅっと目をつぶった。

「もうたくさんだ…！」

「ビー、信じて」

信じて。信じて。わたしを信じて。

言いながら、涙がこぼれ落ちてくる。

でもほんとうに、信じてほしいだけ。愛していたことを。

「あなたがブリンモアの領主だなんて、わたし、ぜんぜん知らなかっ…」

「黙れ！　ダーナ！　今のおまえからは悪意しか感じない！」

「そんな」

ぽろぽろ泣きながら、ダーナは首を振った。

「悪意なんて持ってな……、きゃあ…っ！」

荒ぶるダーナの神が、ダーナを抱きあげ、そのまま乱暴に寝台へと放り出す。

ダーナは抗《あらが》って寝台から下りようとしたが、すぐさま男の熱い体に動きを封じられた。

「ビー…ッ！」

「グリフィスと呼べ」

絶対の命令形で言われて、ダーナが青ざめる。

ダーナの上にのしかかるグリフィスの身体は、今や炎の塊《かたまり》かと思うほど熱い。

大きすぎるほどの逞《たくま》しい身体を強引に割り込ませ、ダーナの華奢《きやしや》な両脚を開かせる。

おびえて逃げようとするダーナの頭を押さえつけ、グリフィスは彼女の耳元に低く唸《うな》るようにしてささやいた。

「俺は俺の仕事をこなす。おまえはおまえの仕事をやればいい。簡単だろう？　娼婦《しようふ》の仕事は慣れているのでは？」

「！」

グリフィスは時間をかけなかった。

憤怒《ふんぬ》に駆られたブリンモアの領主ほど恐ろしいものはない。

どうしてこうも残酷《ざんこく》になれるのかと思われるほど、グリフィスはダーナに対して残酷になってしまっていた。

深い怒りと絶望とが、過去に封印したはずの感情の地底を掻《か》き乱す。

今やすべてが熱い炎の塊となって地上に噴き出そうとするのを、男は止められない。

グリフィスは裏切り者と化したただの女におざなりな愛撫を加えたのち、広げさせた脚の間に、自分自身を杭《くい》のように打ち込んだ。

思いきり深く突く。奥までも。

「あぁぁぁぁぁぁぁーっ！」

ダーナから、これまで聞いたこともないような悲鳴があがる。

グリフィスが報復の成功を確信し、勝利に酔ったのは、ほんの一瞬だった。

シーツに押しつけたかぼそい身体が、凄《すさ》まじい抵抗を示してふるえる。

同時に、グリフィスは自分の非を悟った。

「痛い…、痛いよ、ビー…、やめて、おねがい」

大きな赤い瞳が、どんどん涙に潤んでいく。大きくてつぶらな妖精の瞳。

ブリンモアの領主は後悔などしない。戦場で後悔など何の役にも立たないからだ。

だが、今、グリフィスは身もすくむような思いを味わっている。

その恐るべき後悔というものが、腹の奥底からわき上がってくるように感じるからだ。

「ん…っ、ビ、ビー…」

手ひどい暴力にもかかわらず、ダーナは泣きながらグリフィスのほうへ両手を伸ばした。

そうして、次には、苦痛しか感じていないだろう行為に、どうにかして自分の身体《からだ》を合わせようと、ぎゅっとまぶたを閉じて腰をわずかに浮かす。

グリフィスは一瞬、自分の魂についていた瘡蓋《かさぶた》が掻《か》き毟《むし》られ、ふたたび血があふれ出したかのように感じた。

この身体が〝ビー〟しか知らないのは、グリフィスが一番よく知っている。

なのに、自分は理不尽にも彼女を娼婦《しょうふ》扱いしたのだ。

最低だ。

男の風上にも置けない人間だ。

だが、天使だと思っていた彼女は、もはや天使ではなかった。

この城へやってきた理由も、結局のところ、満足に説明できてはいない。

何を信じればいいのだ。

最初から、何も信じないままでいれば良かったのか。

ダーナとさえ、出逢《であ》わなければ良かったのか。

「くそ…っ」

グリフィスは自分の欲望を遂《と》げなかった。

熱く滾《たぎ》っていた自分自身を彼女の筒の中から引き抜くと、はだけていた前をさっと合わせて寝台から身を退く。

一刻も早くこの場から離れなければ、魂が粉々になってしまう。

そして、何もわからないうちに、彼女まで粉々にしてしまう。

グリフィスは二律背反《にりつはいはん》の感情に翻弄《ほんろう》されながら、扉の前で立ち止まる。

「ちょうどいい。裏切り者には似合いの部屋だ」

喉《のど》の奥から洩れ出てきた言葉は、またしても彼女をおびやかすものだった。

「俺の母は、俺のあまりの醜さにおびえた挙げ句、すべてを捨て、この部屋から出ていった。それきり戻らない。おまえもいつか…」

グリフィスはきつく歯を食いしばって言葉を止める。

ダーナのすすり泣きが耳の奥に残る。

グリフィスはそれ以上何も言わずに、どうにか扉を開けて出ていった。

自分自身の醜さを、いつも以上に思い知らされた瞬間だった。

第四章　愛と憎しみのゆくえ

1

一週間後。午前の早い時刻。

ブリンモア城、南の塔。


「ん…っ、ん…っ、んんっ、ん……っ、んぅっ！」

ゆるんだり、甲高《かんだか》くピンと張りつめたり。

ときに風に乗って、小刻みに響いてくる女性の切ないような喘《あえ》ぎ声。

下げてきた朝食用トレイを運んでいた従者エゼルスタンは、古い石畳《いしだたみ》の廊下《ろうか》に立ち尽くし、

ない。

細長い階段の上を見あげる。

ここ南の塔は要塞の役目を果たす場所であり、通常人は住んでいないから、声もさほど響かない。

どうやらエゼルスタンの主人は、相当にやりたい放題をやっているらしかった。

まだ陽もさほど高く昇っていない。

昨夜《ゆうべ》からずっと、あの薄暗い塔の上に居続けているのだ。

エゼルスタンの美しい形の眉《まゆ》が、哀しみに歪んだ。

主人グリフィスはなかなか認めようとしないが、エゼルスタンは主人を深く敬愛している。

これまでのエゼルスタンは、だんな様がすることに口出ししたことなどなかった。

だが、あのダーナという華奢《きゃしゃ》で勇敢《ゆうかん》な少女を痛めつけることだけは、なぜかエゼルスタンには賛同できないのだった。

だんな様の情け容赦《ようしゃ》のないやり方には、強い憤《いきどお》りさえ覚える。

さらに憤りを感じることに、あのきれいな薔薇《ばら》色の瞳の少女のほうは、だんな様に何をされても許すつもりでいるらしい。

理不尽《りふじん》だ。

彼女はそのような扱いを受けるべき女性だろうか？

たしかに、ウェントワースの領主レドワルドの名を騙《かた》ってブリンモア城に入り込んできた、というくだりは感心できる話ではない。

主人グリフィスから秘かに聞かされたときは、まさかと耳を疑ったが、その後、領主の寝所でダーナという少女の姿を目の当《ま》たりにして、信じざるを得なくなった。

今となってみれば、着替えを手伝うなどと申し出た自分の愚かさに笑ってしまう。

彼女はどこからどうみても、たおやかで華奢な一人の女性だった。

挙げ句、南の塔に閉じ込めた彼女の世話係をだんな様より申しつかり、こうやって誰にも見つからないように食事を届けたり、彼女の衣類を調達したりして一週間が過ぎたのだ。

考えてみれば、それは破格の扱いであるとも言えた。

エゼルスタン自身、従者の中でも地位のあるほうだ。なにしろ領主直属の従者なのだから。

そのエゼルスタンを彼女の専属とするあたり、主人の彼女に対する執着は度を超えている。

エゼルスタンは主人グリフィスがこんなふうに誰か一人の女性に執着し、誰にも秘密にして塔の上に閉じ込めてしまうところなど、これまで一度も出くわしたことがない。

主人グリフィスは何ごとも最初からあきらめ、戦《いくさ》以外には何も興味がないように思えた。

それが今は、わずかの時間も惜しんで、南の塔へと駆けつける。

裏切り者を罰するためと称してはいたが、果たして本当に言葉どおりだろうか？

エゼルスタンが見たところ、ダーナという女性は、愛くるしいただの少女だった。

どういうわけか、だんな様をどうしようもなく好きということらしく、エゼルスタンが部屋へ入っても、だんな様のことばかり訊いてくる。

そのひたむきさはどこからどう見ても恋をしている乙女《おとめ》の真実で、だんな様が言うように、彼女の言うことはどれも嘘八百だ、などとはとても見えなかった。

エゼルスタンが好物を問うと、うれしそうに答えてきたし、ドレスを用意してゆくと、こんな美しい布は見たことがないと手を打ってはしゃいだ。

ウェントワースのたくらみでブリンモア城に投入されてきた間諜《かんちょう》にしては、ずいぶん無邪気だ。

ブリンモアの民衆たちの暮らしぶりや、ブリンモア城に勤める使用人たちの様子を質問してくるときも、ウェントワースの間諜として敵の状態を探っているというより、本当に気懸《きが》かりで質問せずにいられないといった風に見える。

もともと、レドワルド領主に好意を持っていたエゼルスタンだ。

女性だということには驚かされても、従者や使用人の状態を気に掛けてくれたやさしい心の持ち主であることは、今もって疑っていない。

そもそも、彼女はいったいどうしてウェントワースの領主の身代わりなど務めようと考えたのだろう？

男装までしてブリンモア城へ入り込んで、彼女に何の利があるというのか。

だんな様が言うように、ブリンモアの領主の弱みを握ってブリンモアを攻め滅ぼす意図など本当にあったのだろうか。

エゼルスタンも主人が塔にいない間に、そっと訊いてみたことはあった。

だが、彼女は自分はウェントワースの領主の双子《ふたご》の妹で、やむを得ず代理を務めているのだと嘘をつくばかりで、本当のことを言おうとしない。

それとも、嘘ではないのか？

ウェントワースの領主レドワルドには、本当に双子の妹がいたのだろうか…？

そうしてふと壁に開いた小さな窓から外を見上げたエゼルスタンは、そこに一羽の鷹《たか》が優雅に羽を広げて飛んでいるのを目にした。

雪のように真っ白な美しい鷹だ。

ぐるぐると上空を旋回している。

獲物でも見つけたのだろうか？


「あぁっ、は…っ、は…っ、あ…っ、はぁっ！」

押さえつけられ、あまりにも深く穿《うが》たれて、ダーナは寝台の上で大きくのけぞろうとする。

だが、ずしりと重たくのしかかるグリフィスの身体《からだ》に阻《はば》まれて、ほとんど身動きはできなかった。むしろ接触を深めただけの結果に終わり、ダーナは身悶《みもだ》える。

「どうした？　まだ達《い》けるはずだ」

グリフィスはわざと音を立ててみせながら、ダーナの耳元にささやいた。

「おまえのいやらしい身体なら、何度でも俺を受け入れることができる。そうだな？」

「あっ！　あん…っ」

答えようとしたが、無理だった。

言葉など口にできない。洩《も》れ出たのは喘《あえ》ぎ声だけだ。

「や…、いやっ！」

不意打ちのように深く突かれた挙げ句、ゆっくりとした抜き差しを始められて、ダーナの中はどんどん熱くなってゆく。

「いやではないだろう？　おまえのここはそうは言っていないぞ」

「は…っ、は…、だ、だめ、もう…」

「だめ？」

グリフィスはダーナの乳房を鷲《わし》づかみにし、ことさら残酷《ざんこく》になりながら言い放つ。

「だめなはずがない。おまえは俺専用の娼婦だろう？　そうなりたいと言ったのはおまえだったな？　こうして縛《しば》られたいと言ったのもおまえだ、ダーナ」

「え、そ、そんなこと…、い、言ってな…」

「いいや、言ったさ。身体が言っている。ほら」

「あ……！」

両方の乳首を硬い親指で掻《か》き鳴らされて、ダーナは息をのんだ。

グリフィスの唇がにやりと歪む。

「締まったな」

「い、いや…」

「じっとしていろ。いい具合だ。達《い》かせてやる」

「あんっ！　あ…っ、あ…っ、あぁぁぁぁっ！」


ダーナのほっそりした両手首は、今や頭上で縛《いまし》められ、寝台の柱につながれていた。

グリフィスはもう一週間近くも、こうしてダーナを責め続けている。

ダーナは塔の上に閉じ込められたまま、グリフィスだけを感じさせられている。

グリフィスは戦《いくさ》に明け暮れ、たいていは戦場から戻るなり、ダーナを抱いた。

そうしてダーナを責めながら、いかに多くの勝利をむしり取ってきたかを聞かせる。

自慢でも何でもない、戦況報告のようなものだ。

いかに多くの村を攻め滅ぼし、自分がどれほど惨《むご》く人々の土地を荒らしてきたか、すべてを赤裸々《せきらら》に話して聞かせる。

この日も、ひと晩中責め苛《さいな》んだ上で、グリフィスは朝になってダーナにウェントワースとの戦の話をし始めた。

「ウェントワース軍はずいぶん好き勝手にやっているようだ。領主不在だからか？」

「ビー…、え…っ！」

大きく脚を開かされて、ダーナは真っ赤になる。

だが、グリフィスはたいして気にする様子もなく、ダーナのすでに濡れて尖っている部分に当然のように指を這《は》わせて続けた。

「ウェントワース城に潜り込ませている間諜からの報告では、城に滞在している人間がだいぶ入れ替わっているようだ。おまえの母方の人間が増えているらしい。ギラントの一族、だったか？」

「は…っ、はん…っ、ん…っ、あ…っ」

「ずいぶん気持ちよさそうだな。指を入れてほしいか？」

「あ…っ、や…っ、見ないで…っ」

「いやなのか？」

グリフィスはわざと訊いている。

ダーナに自分の淫乱《いんらん》さを思い知らせた上で、彼女の欲望を無視して彼女を煽《あお》るのだ。

グリフィスは行為に夢中になってゆく自分を止められない。

こうして彼女の感じやすい場所をたぐり寄せ、そこにふれていると、それだけでそもそもの目的を忘れ、彼女の魅力的な肉体に夢中になっていることもしばしばだった。

どうにかしてダーナに真実を吐露させたいという目的は、最初の頃、たしかに在った。

拷問《ごうもん》のように彼女を追いつめ、裏切り者に思い知らせたいとさえ思っていたはずだった。

だが、こうして彼女を抱いていると、そんな目的はいつしか消え去り、彼女に夢中になっている自分だけが残ってしまう。

そんな馬鹿な話はない。

これは愛の行為などではないはずだ。

グリフィスはこの日も自分にそう言い聞かせるのだが。

「もっとも、ウェントワースの城の内部は混乱しているようだ。指導力のある人間が上に立っていないんだろう。兵士たちも統率が取れていない。いったい本物のレドワルドはどこへ消えたのだろうな?」

「あ…、あぁ…っ、あぁ…っ」

素知らぬふりで話を続けている間も、グリフィスの親指はダーナのクリトリスに、ふれるかふれないかのもどかしい刺激を与え続けている。

ダーナはたまらず、みずから腰を揺らしてしまう。

気づいたグリフィスの頬に、ひとりでに笑みが浮かんだ。

「すごいな。外までぐしょぐしょだ」

「い、いやっ」

「いいんだろう?」

「あ…っ、や、こ、こんな…」

「いやらしい身体だな。こんなに濡れて。さすがは俺専用の娼婦だ」

ことあるごとにそんな言葉を持ち出して、ダーナを侮辱《ぶじょく》する。

この薄暗い塔の中で、グリフィスはダーナの支配者たらんことを望んでいた。

グリフィスは自分の裡《うち》なる怒りと向き合うことができずにいる。


「入れてもらえないのがつらいか?　おまえがウェントワースの領主代理だなどと、嘘を言うからだ」

「う、うそじゃな…」

ダーナは必死でわかってもらおうとした。

でも、うまく言葉にはできない。

こんなふうに抱かれてしまうと、どんなやり方だろうとダーナの身体は悦《よろこ》んでしまう。

ダーナは自分のいやらしい身体を恥じずにいられなかった。

「中に欲しいんだろう？　入れてくださいと言え」

「や…、いや…」

「言うんだ」

グリフィスはけっして容赦《ようしゃ》しない。

ダーナの眦《まなじり》に欲望の涙が滲《にじ》むまで、身体と心を責め続ける。

「あぁ、あ、あ…」

いつまでも羽のようにやさしくふれられるばかりで、ひどくじらされていた。

与えられないもどかしさに、ダーナは必死で腰を浮かそうとするのだが、グリフィスが腿《もも》の上に膝を押しつけているせいで、思うようにいかない。

「は…っ、あ…ぁ、ビ、ビー」

「グリフィスと呼べと言わなかったか？」

「あんっ！」

ついとひどく弾かれて、ダーナは一瞬の痛みに悲鳴をあげる。

「ああ、悪かった。爪が当たったな」

低い声でささやかれたとたん、ダーナの内側がじゅっと濡れる。

「あぁ」

ただ、声を聴かされただけで熱くなってしまうことが、ダーナにはたまらなかった。

「どうした？」

「あ…、グ、グリフィ……おねが…」

「ああ。両手を縛っているから、自分ではできないな。どうして欲しい？」

あくまでダーナに言わせる気だ。

どんな恥ずかしいことでも、言葉にして求めなければ与えられない。

グリフィスはダーナを調教しようとしている。まさに自分専用に。

グリフィスは言った。

「言え」

「い、入れてくださ……」

半分も言わないうちに、グリフィスの指が中へと滑り込んでくる。

ダーナはこんな酷《ひど》いやり方をされても、あっという間に感じてしまう自分が信じられなかった。

「すごいな。ぐちゃぐちゃだぞ」

指はすぐに二本に増やされ、中を掻《か》き回される。

あからさまな音を聞かされて、ダーナはあまりの恥ずかしさにぎゅっと目をつぶった。

「指などでは足りないだろう?」

「そ、そん…」

「淫乱《いんらん》な女だ。おまえはシーシュモスの森でも俺を誘惑した」

「ちが…、あん…っ、ぅうん…っ」

「違う? では、たしかめるか?」

「え」

指が引き抜かれ、グリフィス自身を入り口に押しつけられる。

これが欲しかったかと問われ、ダーナは必死で首を横に振った。

欲しかったと答えれば、シーシュモスの森で逢ったビーを裏切るような気がしたからだ。

「また嘘か」

否定はグリフィスを憤《いきどお》らせ、いっそう駆り立ててしまうことを、ダーナは知らなかった。

「いくらでも嘘をつけ。そのたびに俺はおまえを滅茶苦茶《めちゃくちゃ》にしてやれる」

「はうっ!」

グリフィスは一気に中に入ってきた。

重たい衝撃に、ダーナは息を止めそうになる。

もう何度となく挑まれていて、痛みこそ感じなかったが、赤く腫《は》れた場所はあまりにも敏感になっていた。

「ウェントワースの連中は尻尾《しっぽ》を巻いて退散したぞ」

ダーナの中に入ると同時に戦況の話に戻り、グリフィスが唐突《とうとつ》に動き始める。

ダーナは苦痛に喘いだ。

一瞬、グリフィスがそんなダーナの様子に眉をひそめたように思えた。

彼の大きな手が、汗ばんだダーナのひたいをそっと覆う。

まるで、ダーナのことを心から心配するかのようなしぐさだった。

心配する？

裏切り者と思っているダーナのことを？

そんなことがあるわけはなかった。

ダーナのことを愛してくれたビーは、もうここにはいないのだ。

ダーナは深い絶望にまぶたを閉じた。

グリフィスがダーナの中を行き来して、ダーナの身体をゆっくりと貪《むさぼ》り始める。

「何人殺したか、もう覚えていないな」

「ん…っ…」

「俺は本物の野獣だということだ。愛など最初からなかった。人の愛など知らぬのだ」

「ちっ、ちがう…っ、あん…っ」

「あ、あなたは野獣なんかじゃないよ。ちゃんと愛だって持ってる。わたし、知ってるもん。あなたはいっぱい、持ってる」

グリフィスの動きが止まる。

ダーナは手を伸ばし、グリフィスの頬にふれようとした。

「あなたは、とてもやさしくて、苦しんでいる人だよ。グ、グリフィスさ…」

「黙れ！」

「きゃうっ！」

いきなり激しく突かれて、ダーナがのけぞる。

「俺はやさしくて弱い男などではない！　おまえの村も全滅させたかもしれないだろう！」

「はっ、あうっ、あ…っ、あっ、ひっ」

「ウェントワースの話をすると締まるぞ。なるほどな」

「そ…な…っ、あぁ…っ、あぁんっ」

憎まれているとわかっても、ダーナは感じるのを止めることができなかった。

彼に貫かれているときは、愛を与えられているという勘違いしかできなくなる。

そのやり方が残酷《ざんこく》なほど烈《はげ》しくても、それは愛だとしか感じられない。

「ダーナ。やはりおまえはウェントワースの回し者ということだ」

「違う？　何が違う？」

憎悪の声。

敵を憎み、忌《い》み嫌う当然の声なのに、ダーナはやっぱりグリフィスの声を聴くと、それだけで中が熱く潤ってしまう。

これは愛ではないの？　彼の中にはいっぱいに愛があふれているのではないの？

「そうだろう？　そうだと言え」

「ち、ちが……、はっ、あーっ！」

一番奥まで突かれて、ダーナは身体の中だけでなく、頭の中までグリフィスでいっぱいになる。

ダーナは心の中で、シーシュモスの蜜蜂《ビー》を呼んだ。

ビー。

心と体は遠く乖離《かいり》してしまっているかに思えたけれど、そうではなかった。

身体だって、どうしても愛してしまう。

敵なのに。

こんなに激しく憎まれているのに。

どうしても感じてしまう。――――あなたを。

「いくらでも入れてやる」

赤く染まったダーナの裸体にのしかかりながら、シーシュモスの野獣は低く唸《うな》るような声で彼女の耳元にささやいた。

「ダーナ、おまえが壊《こわ》れるまで」

壊されてもいい。

だから、あなた、泣かないで。

無意識にそう思った次の瞬間、ダーナは意識を手放した――。

2

同日、よく晴れた午後。

ブリンモア城下町、とある立派な屋敷の一室。


「それで？　グリフィス様のお具合はどうなの？」

「グリフィス様のお具合？」

バルコニーから外を眺めていたエゼルスタンは、母親の質問を思わずおうむ返しにしてしまう。

ほとんど白に近いくらい薄い色の金髪をネットに包んだ大人の女性――ジザベルが、ブルーサファイアのように透きとおった瞳を大きく瞠《みは》って、息子に言った。

「まぁ、エゼルスタン。先週、おまえが言ったんでしょ。グリフィス様が戦地で怪我《けが》をなさったって」

「ああ、そういえば」

母親の非難に満ちた視線を受けて、エゼルスタンは先週の記憶をたぐり寄せる。

「あんな傷はとっくに治られて、今はまた新たな傷を作っておられるよ」

「なんですって？」

エゼルスタンの母ジザベルが血相を変えた。

「エゼルスタン、おまえがついていていながら、なんということなの！」

「ごめん、ママ」

幼い頃から、母親が動揺《どうよう》すると、反動で落ち着かなければならないという脳内指令が働く。

エゼルスタンは慎重に言葉を選んで言った。

「もちろん僕も、ママに言われたように、グリフィス様にはぴったりくっついて背後をお守りしているさ。でも、最近のグリフィス様は、誰にも守ることができないんだよ。どんな戦《いくさ》でもみずから先頭に立って、敵の前にご自分の身をさらしてしまわれるんだ」

母親が青ざめて自分を見つめていると、背中でも感じる。

母ジザベルにとって、グリフィス様は特別な存在だ。

というより、母が筆頭侍女《じじょ》を務めるこの屋敷の女主人にとって、と言うべきかもしれない。

エゼルスタンは、毎週末、母親の住むこの屋敷に通っていた。

ここはブリンモア城からそれほど離れているわけではなかったが、それでも城を抜け出して半日で戻るには、少々体力のいる距離にある。

それを、主人にも他の誰にも知られないようにして毎週往復しているのには、むろん、理由があった。

かつて、母親と約束したからだ。

この屋敷の女主人オリヴィア様に、グリフィス・ユリス・ブリンモアの一週間の様子を事こまかに報せる――と。

「うーん。今のグリフィス様の行為は、死を怖れない勇敢《ゆうかん》な行為と言うより、死に神を自分に取り憑《つ》かせるための無謀《むぼう》な行為としか思えないかも」

エゼルスタンはなるべく穏やかな言葉を選ぼうとしたが、徒労に終わりそうだった。

今のグリフィス様は、穏やかな言葉で表現できることなど何一つしてくれていない。

それどころか、戦もプライベートも、日々激しくなってゆく一方だ。

エゼルスタンはしかたなく、せめてあまり感情を込めずに続けた。

「死に向かっている自分を確認し続けておられるような…。本当に僕たちも困ってるんだよ」

「エゼルスタン？　グリフィス様に何かあったの？」

「うーん」

エゼルスタンはふたたび口ごもる。

実のところ、母親にはまだ、グリフィス様がダーナという少女を囲っていることは話していない。

女性である母親にはさすがに口にするのはためらわれたということもあるが、もうひとつには、ダーナがウェントワースの人間だからだった。

エゼルスタンの母ジザベルは、ウェントワースの話をすると、いつも悲しい顔になる。彼女がウェントワースの男と恋に落ち、子までなした挙げ句、男に裏切られて捨てられたという話を、エゼルスタンはまだ幼い頃に、台所女のおしゃべりから知った。子どもはウェントワースの男に奪われ、おそらくは殺されただろうという話も。母ジザベルが未だにその子どものことを想って、夜にすすり泣きを漏《も》らすことがあるのを、エゼルスタンは知っている。

そんな母が誰よりも大事に想っているブリンモアのグリフィス様が、ウェントワースの娘を囲って毎日責《せ》め苛《さいな》んでいるとは、なかなか言い出せるものではなかった。かといって、自分が母親に隠し事ができる体質ではないことも、エゼルスタンは十分承知している。

「エゼルスタン！」

母親はいつまでもはっきりしない息子に、ぴしゃりと言った。

そう。母親はいつだって息子に対して命令する権利を持っている。

「わかっているはずね？　オリヴィア様は毎週のおまえの報告だけを心待ちにしておいでなのよ。私はおまえの言葉を、まちがいなくオリヴィア様に伝えなければならないんですからね」

そうして、ジザベルが息子に強い態度を示したときだった。

「わたくしの息子のことで、いったい何を伝えてくださるのかしら？」

さらさらと衣擦《きぬず》れの音がして、妖精のように華奢《きゃしゃ》な一人の女性が台所に現れる。

「まぁ、オリヴィア様！」

女主人の登場に、ジザベルがあわてて作業の手を止め、膝を折るていねいなお辞儀《じぎ》をした。

オリヴィア――――前ブリンモア領主リチャードの妻だった女性。

毎週のエゼルスタンの報告だけを心待ちにしているグリフィスの母親。

グリフィスと同じ黒髪に、グリフィスと同じ透きとおった水色の瞳。

人並み以上の逞《たくま》しい体軀《たいく》を持った息子とは裏腹に、ほっそりとたおやかな体軀の持ち主だったが、彼女はまちがいなく、グリフィスを産んだ母親である。

「このようなところまでお越しいただいてすみません。何かございましたら、私のほうから伺《うかが》いましたのに」

「だって、待ちきれませんわ。あなたの息子が来るのが窓から見えたのですもの」

筆頭侍女に頭をさげられ、オリヴィアはいたずらな少女のように肩をすくめた。

「エゼルスタン、あいかわらず綺麗《きれい》で元気なお顔。何よりです」

「恐れ入ります」

エゼルスタンはうやうやしく会釈《えしやく》した。

こうして目の前にしていても、時々この女性がグリフィス様の母親だということが不思議になるエゼルスタンだ。

実際には、エゼルスタンの母ジザベルよりも七つほど年上のはずだが、母と並んでいると、オリヴィアのほうが若く見える。

オリヴィアはとらえどころのない、本当に空気の精のような女性だった。

彼女は、エゼルスタンがグリフィスから聞かされている母親像とはかけ離れている。

産まれたばかりの息子の顔の痣《あざ》を嫌い、息子も夫も捨てて城から逃げ出した。

グリフィスは自分の母親のことをそう言っていたが、実際のオリヴィアがそんな女性でないことは一目瞭然《いちもくりょうぜん》である。

彼女はグリフィスがいるブリンモア城の様子がわかるところに住み続け、こうして筆頭侍女の息子をひそかに潜り込ませ、何年もの間、息子の様子を逐一《ちくいち》報告させ続けてきたのだから。

オリヴィアはそのたおやかな、どちらかといえば幼い顔立ちからはわかりづらいが、とても気骨のある女性だった。

ウェントワースで恋に落ちた男の元から、なかばボロボロになって逃げてきた母ジザベルをかくまい、筆頭侍女にまでしたのもオリヴィアなのである。

その後、エゼルスタンが従者の道を志していると知ると、自分の息子グリフィスの元へと、ひそかに送り込んだ実力者でもある。

エゼルスタンにしてみれば、これほど息子グリフィスのことを気にかけながら、オリヴィアがどうしてブリンモア城に戻ろうとしないのか、理解できなかった。

グリフィスの苦しみを思えば、すぐにも誤解を解くべきだと母にも言ったのだが、ジザベルは、オリヴィア様にはオリヴィア様のお考えというのがあるのよと答えてきたきりで、エゼルスタンの主張は通してもらえなかった。

ブリンモア城とグリフィスの母オリヴィアの間には、何かまだエゼルスタンの知らない確執が残されているようだ。

「それで？」

オリヴィアがにっこり微笑《ほほえ》んで、エゼルスタンに言った。

「わたくしの息子は、今週は何をしていたの？　どうかあなたのお話を聞かせてちょうだい、エゼルスタン」

「う……」

「往生際《おうじょうぎわ》が悪いわよ、エゼルスタン！　はっきり言いなさい！　何を隠しているの！」

言葉に詰まったエゼルスタンを、母ジザベルが叱咤《しった》してくる。

エゼルスタンは妙齢《みょうれい》の女性ふたりに詰め寄られ、まったく抵抗できそうにないことを思い知らされた。

もともと、女性にはからきし弱いエゼルスタンだ。

だから、勤め先が女性ではなく男性ばかりの従者の道を選んだとも言える。

そして。

「わかりました。打ち明けます。ですが、どうか落ち着いて、怒らないで聞いてくださいね」

そう言って、エゼルスタンはとうとうブリンモア城に囚われているダーナの話を始めた。

感情を排し、事実のみを淡々と伝えれば、衝撃も少しは和《やわ》らぐだろうと思いつつ。

エゼルスタンは間違っていた。

母親という生き物は、自分の子どもの真実をあくまではっきりと見定めたいものなのだ。

そして、彼女たちは感情的になることなど恐れない。

エゼルスタンはまもなく、ふたりの母親に質問攻めにされることとなる。


「なんてこと……！　わたくしの息子が女の子にそんな非道《ひど》いことをするなんて……！」

母親として耐えがたい事実を前にして、オリヴィアは自分の両頰を両手で覆《おお》った。

「いや、でもまぁ、ダーナさんは敵の間諜《スパイ》と言えなくもないわけですし」

エゼルスタンはどうにか女主人をなだめようと、あんまり思ってもいないことを口にする。

「証拠もないのに、その女の子を間諜と決めつけているの？」

オリヴィアはキッと顔を上げて、エゼルスタンを睨《ね》めつけた。

「エゼルスタン、あなたもうちの息子と一緒になって、そのウェントワースの女の子を苛《いじ》めているわけではないでしょうね？」

「まさか。とんでもないです、オリヴィア様！」

藪《やぶ》から蛇が飛び出しそうになって、エゼルスタンはあわてて否定する。

結局、この凛《りん》とした黒髪の女性には何も隠せそうになかった。

「でもですね。よくよく考えなおしてみると、だんな様は特に非道いことをしているわけでもないのかもしれません」

「なんですって？　だって、うちのグリフィスは、その女の子を塔の上に閉じ込めてしまったのでしょう？　それが非道いことでなくて何だというの？」

「それはそうなんですが、恋をした男なら、相手を自分のそばに置いておきたいと願うのは、ごく普通のことなんじゃないかと」

「恋ですって？」

オリヴィアが目をまんまるにして、エゼルスタンを見上げてくる。

「そんな話は初めて聞きますわ、エゼルスタン」

「僕だって、最初はまさかと思いましたよ。でも、今思えば、だいぶ前から、グリフィス様は恋をなさっていたんじゃないかと思うんです」

黒髪の女主人から不審な目を向けられて、エゼルスタンは必死で弁明する。

「だって、あんなグリフィス様を見るのは初めてなんですよ。少し前は、戦場でも時々やたらとにやにやしてらして、何だろうと思ったものですよ」

「にやにや？　うちの息子が？」

「ええ、まぁ。実際見ないと信じられませんよね」

驚いた様子のオリヴィアに、エゼルスタンが小さく肩をすくめてみせる。

「でもほんとなんです。今はウェントワースとの戦《いくさ》が忙しくて、なかなか城に長くいられないグリフィス様なんですが、自分がいない間に彼女に逃げられたり、誰かに彼女をさらわれたりしたらと思うと、安全な塔の上に閉じ込めずにいられなかったんじゃないでしょうか」

そりゃ、あんまり感心した話じゃありませんけど、と付け加えて、エゼルスタンは続けた。

「僕を彼女の世話係にしたのも、彼女に快適に暮らしてもらうためなんじゃないかな」

「まぁ。恋…。あの子が」

感動したような、とまどったような、少し混乱した声音《こわね》でオリヴィアがつぶやく。

「でも、そのダーナという少女は、ウェントワースの娘なのでしょう？」

「そうです。今戦っている敵の領民です」

「いいえ。領民ではないかもしれないわ」

「えっ？」

それまで黙ってオリヴィアの背後に控えていたジザベルが、ふいに言葉をはさんでくる。

「その子は本当に、ウェントワースの領主の娘かもしれない」

「ママ？」

見れば、母ジザベルは真っ青だった。

母のただならぬ様子に、エゼルスタンもちょっと息をのむ。

いったい何がどうしたというのだろう？

「その子は自分がウェントワースの領主レドワルドの双子《ふたご》の妹だと、そう言ったのね？」

「あ、うん。でも、ウェントワースの領主が双子だなんて情報はないし、彼女の虚言ではないかとグリフィス様も…」

「双子…、双子なのね…」

エゼルスタンの言葉が聞こえているのかいないのか、ジザベルは唇に手をあて、じっと考え込む。

「ジザベル？　どうかしたの？　何か気にかかることがあるのね？」

「ええ、お館様。実は、私がウェントワースで産んだ子どもたちは双子だったのです。でも、あの子たちはてっきり殺されたと、そう思って私は今まで…」

「ママ…？」

エゼルスタンが目を瞠《みは》って母親に近づく。

「ちょっと待って。え？　まさか、ママの娘とか言ってる？　あの少女が？」

「ダーナというのね？　ケルト神話の女神の名よ。私の祖父がケルト族の出身で、私は女の子が生まれたらそう名付けたいと、あの人に話したことがあった…」

「ジザベル、それではあなたが愛した相手というのは、ただの貴族ではなく、ウェントワースの領主だったのですか？」

「ママ、ほんとに？」

女主人と息子に見つめられ、ジザベルが考え深げにうなずく。

「生きているなんて、考えたこともなかった。でも、双子で、ウェントワースの領主の子どもだというなら、それはやはり」

「ママの子どもだって言うんだね？」

エゼルスタンも茫然《ぼうぜん》としながら言った。

「じゃあ、ダーナさんは僕のお姉さんということにも、なるわけ？」

「ええ。もし本当にその子が私のダーナなら」

目を丸くしていたエゼルスタンが、ハッと気づいたように母親の顔を見つめる。

「そういえば、ダーナさんもママと同じ薄い色の金髪だ。瞳はママのとは違って、ちょっと赤っぽいんだけど」

「それはウェントワース一族の特徴よ。時々、色素が薄い子が生まれるのだと、あの人も言っていた…」

「ママ、それじゃ本当に」

息子の言葉にうなずき返し、ジザベルは瞳に久しぶりの情熱の炎を燃やして言った。

「たしかめてみたいわ。そのダーナという少女に会わせてちょうだい、エゼルスタン！」

3

同日、午後遅い時間。

ブリンモア城、地下牢。


そうして、従者エゼルスタンがブリンモア城を空けている頃。

エゼルスタンの主人、ブリンモアの領主グリフィスは、地下牢《ちかろう》に足を運んでいた。

捕らえたウェントワース兵たちを、みずから直接尋問《じんもん》するためだった。

「偽の領主を送り込んだな？　おまえたちの領主の差し金か」

両手両足を鎖に繋《つな》がれ、すでに拷問を受けてぐったりとしているウェントワース兵の一人に近づく。それはスキンヘッドの、見るからに屈強そうな男だった。

すなわち、ダーナの護衛だった男である。

「女を送り込んでくるとはいい度胸だな。ダーナというあの女はどこの生まれだ？」

「なぜ、そんなことを訊く？」

「あの女は俺がもらうつもりだからだ。あの女のことが知りたい」

「だめです！　ダーナさまには指一本ふれちゃだめです…！」

そのとき、反対側の壁につながれていた若い少年が、甲高《かんだか》い声で叫んでくる。

「黙れ、フロ！」

スキンヘッドの護衛が鋭く怒鳴ったが、時すでに遅かった。

護衛自身、弱って今にも意識を手放しそうだ。

グリフィスは仮面の奥の目を細め、牢番に命じる。

「そのそばかすの少年を出せ」

「やめろ、シーシュモスの野獣め！　フロは何も知らない！　連れ出して拷問《ごうもん》するなら、私にし…」

「いけませんっ！　もうひどく弱っておられます！　次に拷問されたら、ぜったい死んでしまいますよ！」

そばかすの若い兵士の目の前で、スキンヘッドの護衛が倒れる。

フロはほとんど涙を浮かべんばかりにして叫んだ。

「その方を助けてください！　ダーナさまを護ってこられた立派な方なのです！」

「ダーナを、護った？」

グリフィスの声音《こわね》が変わっている。

だが、そのことには気づかず、フロは身代わりになるべく必死で自分をアピールする。

「ええ！　拷問するのなら、自分のほうが最適です！　自分はちゃんと本当のことを知っていましたから！　知っていて、ダーナさまには隠していたのです！　ダーナさまがあんまりにも一生懸命兄君の真似《まね》をなさっておいでだったので、おじゃまをしたくはなかったんです！」

「――兄君、だと？」

グリフィスがはっと聞き返した。グリフィスの声は不穏にくぐもる。

「まさか、双子だと言うんじゃないだろうな？」

「そのまさかですよ！　ご領主のレドワルドさまとダーナさまは、双子でお生まれになったんです！」

フロというそばかすの少年兵は、もはや黙る気はなさそうだった。

彼の頭は目の前で倒れた上司を救うということだけでいっぱいだ。

「おふたりが産まれたときの天候と星の配置は、記録にも残っています！　それまで嵐で暴風雨だったにもかかわらず、おふたりがお産まれになったとたんに雲は晴れ、数多くの流星が空を横切って、おふたりの同時の生誕を祝福したんです！」

「――」

グリフィスは一瞬、まぶたをきつく閉じた。

ダーナは嘘を言っていたわけではなかった。

本当に、ウェントワースの領主の双子の妹だったのだ。

グリフィスの脳裏《のうり》に、初めてシーシュモスの森で逢《あ》ったときのダーナの姿がよぎる。

雨に打たれながら、号泣していた少女。

彼女はあのとき、なぜ泣いていた？

次に会ったとき、彼女は兄の話をしていたのだ。

そうだ、〝レド〟という兄の話を。

そして　グリフィスは訊いた。

「おまえたちの領主は、亡くなったのか？」

「ええっ？」

若い兵士が心から驚いて目を丸くする。

「なんてことを言うんです！　ダーナさまがレドワルドさまの身代わりを務めておいでなのは一時的な措置《そち》です。レドワルドさまのお具合が良くないというので、ウェントワースとの和平交渉にあたり、臨時の代理領主に立たれたのです。ダーナさまは自分らの希望です。あれほどおやさしく、みなのことを本気で考えてくださる方は他におられませんっ」

「なるほど。おまえはダーナ贔屓《びいき》というわけだな。ダーナはずいぶん兵士たちに人気があったようだ」

「あっ、あのですねっ」

フロはそばかすがいっぱいに散った顔を真っ赤にしながら、厳重に抗議する。

「さっきから気になっていたんですけど、ダーナさまを呼び捨てにしないでもらえませんか！　ダーナさまは姫君です！　呼び捨てにされていいような御方ではないんですからっ！」

「……なるほど」

どうやら、ダーナには熱狂的なファンが多そうだ。

グリフィスはなぜか誇らしいような気分になりながら、若い兵士を見下ろす。

彼はずいぶん背が低い。

そして、フロはといえば、必死に背伸びをし、グリフィスの恐ろしげな仮面を必死でにらみつけながら、必死に怒鳴った。

「いいですか！　あなたは敵です！　ブリンモアです！　ブリンモアの領主がウェントワースの領主のお妹君で姫君であられるダーナさまに手を出すことなど許されません！　そんなことをしたら、ウェントワースの全兵士があなたを殺しにやってきます！　ぜったいです！　請け合いますよ！」

4

同日、夕刻。赤い夕陽。

ブリンモア城、南の塔。


夜明けまでも責められ続け、明るい日射しの中で意識を手放す。

次にダーナが目覚めたのは、すでに一日が終わりに向かおうとしているときだった。

塔の高い位置にある窓からは、ダーナの瞳と同じ赤く燃えるような夕陽が射し込んでいる。

赤い夕陽に包まれて、寝台に横たえられていたダーナの身体《からだ》も赤く輝いていた。

「ん……」

小さく寝返りを打った次の瞬間に、ぱちりと目を覚ます。

だが、赤い夕陽の色を感じるだけで、ダーナは本当には目覚めていない。

寝台の上で丸くなり、痛む身体を抱きしめる。

どこもかしこも赤い痣《あざ》だらけだ。身体が燃えるように熱い。

野獣の爪痕は身体じゅうに残されていた。

「目覚めたか」

背後から声がして、ダーナはびくっと身体を竦《すく》ませる。

「よく眠れたか？　じきに陽が落ちるぞ」

相手の声はがさがさに掠《かす》れていた。

それは、地下牢《ちかろう》での尋問《じんもん》を終えた後、塔へすぐに戻ってダーナの目覚めをずっと待っていたグリフィスだったが、今のダーナにはそれが誰の声なのかもわからない。

「ダーナ」

呼びかけられても、ダーナは応えることができない。

恐ろしかった。自分がまた誰かを怒らせるようなことをしたのではないかとびくついて、うしろを振り返ることもできない。

そうしているうちに、グリフィスがダーナのいる寝台に近づいてきた。

「ダーナ、おまえが目覚めるのを待ってい…」

「きゃあっ！」

そうして彼の大きな手が肩にふれたとたん、ダーナは弾かれたように飛び上がる。

「ダーナ?」

「ごっ、ごめんなさい…！」

た。

「ダーナ？　何のことだ？」

いぶかしげなグリフィスの声に、ダーナはさらにふるえあがる。

ダーナは寝台の柱の陰に隠れようと、必死になって後ずさった。

「ごめんなさい、もうしません！　眠りこけてしまってごめんなさい！」

ダーナの中で、母親に理不尽な怒りを振り向けられたときの恐怖が、一気によみがえってい
た。

子どもは母親に何をされても、それが理不尽だとは思わない。

ダーナは混乱していた。

熱のせいで、ここがどこかも今はわかっていない。

ただ、こわい。恐ろしい。誰も守ってくれない現実が、目の前に黒々と広がっている。

「ダーナ！」

寝台に乗り上がってきたグリフィスに両肩をつかまれ、彼のほうに振り向かされる。

ダーナはますます恐慌《きょうこう》を起こすと、両手を顔の前で交叉させて、金切り声《かなきごえ》を張り上げた。

「ごめんなさい！　ごめんなさい！　ゆるしてください！　どんな罰でも受けるから！　おね
がい、ぶたないで……！」

「ダーナ……！」

グリフィスは茫然《ぼうぜん》としてダーナを見つめた。

それはまるで、虐待《ぎゃくたい》されていた子どものしぐさだった。

そうと気づいたとたん、グリフィスの裡《なか》で何かの封印が弾け飛ぶ。

「ダーナ！　俺はおまえをぶったりしない！」

「いや…っ！　鞭《むち》はいや！　ゆるして…！」

ダーナは必死でグリフィスの手から逃れようとして、全身を丸めてしまう。

小さくて儚《はかな》い身体じゅうから、拒絶の波が起こっている。

「ダーナ…！」

あまりの衝撃に、グリフィスはその場に立ち尽くした。

グリフィスは自分の大声がダーナを怯《おび》えさせていることに、ようやく気づく。

彼は深く呼吸をした。

「ダ、ダーナ…」

声を抑える。静かに語りかけるんだ。まずはそれからだ。

「聞いてくれ、ダーナ。この一週間、俺はおまえにひどいことをしてきた。今さら、どれほどあやまっても取り返しがつかないだろう。おまえが生涯《しょうがい》俺を許せなくても、それはしかたがない。俺はそれだけのことをおまえにした。だが、いいか。俺は絶対におまえをぶたない」

グリフィスはダーナにふれもせず、声のトーンを落として、ささやくように、そしてゆっくりと波打つように繰り返す。

「ダーナ、俺はおまえをぶたない。それだけはたしかだ。俺はこれまで一度も女をぶったことはないんだ。鞭で打ったこともない。本当だ。信じてくれ、ダーナ」

彼の声はひどく静かで、ひどく真剣だった。

ダーナの全身のふるえがようやく止まる。

グリフィスの手がそろそろとダーナの頭に伸び、そっと撫《な》でた。

ダーナは一瞬またびくっとふるえたが、そのふるえは小さく、すぐに収まる。

「そうだ。いい子だな。こわがることは何もないんだぞ」

グリフィスはダーナの頭をゆっくりと撫でながら、低い声で、またゆっくりと続ける。

「ダーナ、教えてくれ。誰がおまえをぶつんだ？　誰がおまえを鞭打ったりする？」

「お、お母様」

「母親だと？　何の冗談だ？」

「わ、わ、わたしが悪いの。わたしがお母様の気に入るようにできないから…」

グリフィスは憤《いきどお》りを露わにしそうになったが、どうにか自分を抑えた。

ダーナはもう十分におびえている。グリフィスはやさしい声で聞き直した。

「おまえの母親はどこにいる？」

「ウェントワースのお城」

「城に？　下女か？」

「ううん。お母様はお館様。お城でいちばんえらいから、そう呼ばれるの」

グリフィスの目はさらなる確信に瞠《みは》られる。

地下牢で聞いたフロというそばかすの少年の話は、やはり本当だったのだ。

ダーナはウェントワースの領主に縁ある、本物の姫君だった。

しかし、姫君ともあろう者が、なぜぶたれたりする？　それも母親に？

だが、自分の中の疑問は後回しだった。

今はただ、目の前でふるえているダーナを全力で守りたい。

そんな庇護《ひご》欲が自分の中であまりにも強くなって、グリフィスは吐き気さえ感じた。

「わかった、ダーナ。よく言った。よく教えてくれたな。もういいぞ。ぜんぶ忘れろ」

「忘れる……？」

「そうだ。おまえの母親は今ここにはいない。ここでは誰もおまえをぶたない」

「誰も？」

「ああ」

「………」

ゆっくりとダーナが顔を上げてくる。

グリフィスは大きく瞳を瞠《みは》って彼女の顔を見つめた。

ごくりと生唾《なまつば》を飲み込む。

自分は仮面を着けた恐ろしい顔をしている。こわがらないだろうか？

だが、ダーナの目は恐怖を映し出してはいなかった。

彼女はグリフィスの目を見て訊いてきた。

「ここは、安全？」

「完璧《かんぺき》に安全だ。俺もだ。もう二度とおまえを傷つけないと約束する」

少しの間考えるようなしぐさを見せてから、ダーナは小首をかしげてそっと訊いた。

「ビーは？」

「え？」

「ビーもぶたれない？」

一瞬、グリフィスは自分が泣くかと思った。

それほど、胸を鷲《わし》づかみにされていた。

彼女は自分の安全がおびやかされようというこのときに、その安全をあきらかにおびやかした当人であるグリフィスの心配をしたのだ。

そういえば、シーシュモスの森で初めて抱いたときも、彼女はそうだったと思い出す。

ダーナは痛みを感じる自分のことよりも、〝ビー〟のことを心配した。

未知の行為への恐れは大きかったはずなのに、彼女は〝ビー〟のほうを励《はげ》ました。

初めて憎しみからダーナを貫いた瞬間も、そうだった。

手ひどい暴力にもかかわらず、ダーナはグリフィスのほうへ両手を伸ばし、泣きながらしがみついてきた。

自分に苦痛を与えた張本人《ちょうほんにん》に対して、救いを求めてきたのだ。

なぜ、そんなことができるのだ。

グリフィスにはできない。

自分に苦痛を与えた者は、激しく憎み、できればこの世から消し去るだけだ。

今この場に、自分を捨てた母親が現れれば、その瞬間に斬《き》って捨てるに違いない。

「ビー？　ぶたれない？」

黙り込んでしまったグリフィスの前で、ダーナが不安そうに訊いてくる。

グリフィスは我に返って、ダーナのほうを見た。

白銀に近いプラツィナ・ブロンドが、暮れゆく光に透きとおって、金色に輝いている。

彼女は奇跡だ。

黄昏《たそが》れてゆくシーシュモスの森の中で初めて逢ったときから、グリフィスは奇跡を受け取っていた――――。

「ああ、大丈夫だ」

喉《のど》が詰まる。掠《かす》れた声で、グリフィスはどうにか言った。

「俺はぶたれはしない」

「そう。…よかった…」

半分寝ぼけながらつぶやくダーナを、グリフィスはそっと自分の胸に寄りかからせた。

大きな温もりに包まれてようやく安心したのか、ダーナはグリフィスの胸にもたれて、ゆっくりとまぶたを閉じる。

グリフィスの仮面の上には涙の雫《しずく》が伝い落ちていたのだが、ダーナは気づかなかった。

「ビー」

温もりの中で、ダーナは夢うつつにつぶやく。

グリフィスは痩せすぎているとしか思えない彼女の身体を極力そっと抱きしめながら、その言葉を聞いた。

「帰ってきて。わたしのとこに」

夜風がダーナの頬を撫でる。

頬《ほほ》だけではなく、頭や肩も撫でてくれる。

あたたかい風だった。

この風の中でなら安心して眠ることができる。

とっても力持ちの風さん。

わたしは風さんに抱っこされてる。

ダーナはそう感じていた。

＊

一時間後。

ダーナはようやく本当に目覚めて、寝台の上でからだを伸ばそうとする。

だが、そこは寝台ではなかった。

ダーナが寝台だと思ったものは、もっと別の、頑丈な男の肉体だった。

「え…」

温かくて、まるでお布団《ふとん》のようにダーナを守ってくれている。

ダーナの意識が急速に現実へと浮上する。

ダーナが目覚めたことに気づいた男が、ダーナのひたいに手を当てた。

熱を測っているかのように。いや、実際、そうしていた。

「熱は下がったようだ。落ち着いたな」

「え、わたし…?」

「ああ。もう大丈夫だ」

「あ、あの…？」

ダーナはそれ以上言わせてもらえなかった。

厚みのある温かな唇が、ダーナの唇を覆《おお》っていた。

「ダーナ」

長い口づけからようやく解放されたとき、ダーナはしばらく物が考えられなかった。

それほど熱いキスだった。

心も身体も蕩《とろ》かされそうな。

そうしてやっと我に返ったら、自分があまりにもキスに酔わされたようになっていることを知って、うなじまで真っ赤になる。

そんなダーナの耳元に、恋人のささやきが落ちてきた。

「俺と駆け落ちしよう」

「――――え…？」

顔を上げたダーナの目に、恋人の瞳が映る。

グリフィスは仮面を取っていた。

爛《ただ》れたような痣《あざ》が彼の顔半分を覆っているのが、なんだかすごくなつかしい。

やさしいしぐさでそっと頬を包まれて、ダーナは思わずかつての名をつぶやいてしまう。

「ビー……？　あっ、ごめんなさ…」

あわてて言い直そうとしたダーナの前で、グリフィスが静かにうなずく。

「そうだ。俺はおまえのビーだ。おまえは俺のダーナ。俺の妖精。俺だけの天使」

「ビー。うそ。ほんとに？　ビーって呼んでいいの？」

「ああ」

ダーナの赤い瞳がみるみる大きくなる。

その瞳から大粒の涙があふれてくるのをじっと見つめていたが、やがて耐えられなくなったグリフィスは、ダーナを自分の胸に抱きしめてしまった。

「ダーナ」

強く抱きしめすぎないように細心の注意を払いながら、グリフィスはダーナの名を呼び続ける。

「ダーナ。俺が悪かった。おまえを信じようとしなかった。愚かで臆病者の俺を許してくれ。いや、許せるはずがないな。俺はおまえにひどいことをした」

「ビー、そんなこと…」

「そんなことだらけだ。俺は最低だった。ダーナ。身体は？　大丈夫か？」

「平気。ビーでもグリフィスでも、わたし、あなたなら何されても平気」

「ダーナ、そんなことを言うな」

「だって、ほんとうだもの」

　ふたたび赤い瞳からあふれ出した涙を指ですくい取って、グリフィスは言った。

「俺は今からブリンモアの領主の座を捨てる。俺は、ただの男に戻って、ダーナ、おまえと生きていきたい」

「そんな。そんなの、だめだよ、ビー」

「なぜだ？」

「だ、だって、ビーはブリンモアの…」

「そうだ。ブリンモアの領主で、ブリンモアはウェントワースの宿敵だ。俺がブリンモアで、おまえがウェントワースである限り、俺たちは互いを敵としなければならない」

「ビー…」

「そんなのは嫌だ。俺はもう、おまえなしでは生きていきたくないんだ。おまえなしの俺は、恐ろしくて醜《みにく》い野獣だ。頼む、ダーナ。俺から愛を奪わないでくれ」

「ああ…、ビー」

　ダーナの瞳からポロポロと真珠《しんじゅ》のような涙が転がり落ちてゆく。

「そうなんだ。おまえは愛なんだ、俺の」

　グリフィスもまた、どうしようもなくあふれてくる熱いものを胸にかかえながら、ダーナの前でこうべを垂れた。

「俺と、駆け落ちしてくれ、ダーナ」

真実の愛だけが、傷ついた魂たちを救済する。

グリフィスはダーナに両手を差しのべ、ダーナもまた、自分の両手を愛の上に重ねる。

そして、グリフィスは誓いの言葉を口にした。

「おまえのことは俺が守るよ。永遠に」


黄昏《たそがれ》の時間に、永遠が交わされる。

それは愛の魔法の瞬間。

この日、シーシュモスの野獣はようやく自分の居場所を見つけたのだった——。

5

二日後、早朝。煌《きら》めく陽光。

シーシュモスの森の緑。


草の上に広げたマントの上で眠る恋人たちの幸せな頬に、木々の間からきらきらと輝く早朝の光が降り注いでいる。

グリフィスの裸の腕がそっとダーナの肩を抱き、同じように生まれたままの姿のダーナは、無意識のまま自然にグリフィスに身を寄せた。

ぬくもりが、幸福な愛情を伝え合う。

ここは、ダーナとグリフィスが初めて愛を交わしたグリフィスの隠れ家だ。

ブリンモア城からふたりそろって抜け出して、森の奥深くにあるふたりの思い出の場所を、ふたりの隠れ家にして、二日目。

まだ二日しか経っていないとは思えないほど、ふたりは濃密な日々を過ごしていた。

「ん…」

小川のせせらぎの音が、ダーナの鼓膜《こまく》を心地よく揺らしてくる。

ダーナはグリフィスのぬくもりの中で、まばたきをした。

「おはよう、ダーナ」

「ビー……おはよ」

おはようの挨拶《あいさつ》を交わすと、穏やかなキスが降ってくる。

なんだかもう、キスをしていないときのほうが短いような気さえする。

伸びかけの髪をさらりと掻《か》きあげられ、頬にもまぶたにもやさしく口づけられて、ダーナは今日も、目覚めたとたんに微笑《ほほえ》んでしまう。

「笑ったな」

「だって、くすぐったいもん」

「笑っていろ。おまえの笑顔が好きだ」

「きゃっ、ビー！」

首に顔を突っ込まれてキスされる。

「俺のこんな顔を見て笑ってくれるのはおまえだけだ、ダーナ」

「そんなことないよ。エゼルスタンさんだって笑うよ？」

「ああ。まぁ、あいつは、そうだな。変わっている」

「ふつうだよ。エゼルスタンさんはいい人だも…」

言っている途中で唇をふさがれて、ダーナが目を白黒させる。

「俺といるときに他の男の名前を呼ぶなよ」

グリフィスはそうやって文句をつけると、甘えるようにダーナにしなだれかかり、ダーナの乳房を両手で包んだ。

グリフィスの男らしい親指が乳首の上を掠《かす》めるようにしてふれ、ダーナは身悶《みもだ》える。

「感じるの？」

「う…うん…」

恥ずかしがって、消え入るような声しか出せないダーナに、可愛《かわい》いと低い声でささやいてから、グリフィスが頭を下げる。

そのままぱくりと乳首を銜《くわ》えられて、ダーナはのけぞった。

「あ…っ、あっ、ビー…！」

「固い」

「や、やん…っ」

舌先でころころと転がすようにされて、ダーナはどうしていいかわからないくらい感じてしまう。

愛らしく上を向いて喘《あえ》ぎ、耐えがたくて自分の指を噛《か》んで反応するダーナが、グリフィスはいっそういとしくなってさらに喘がせようとしてくるから、ダーナは本当にどうしようもなくなってしまうのだ。

「あん…っ、ビー…やだ、だめ。どうしよう…、あっ、あぁ」

「胸だけで達《い》けそうか?」

「や…っ、そ…なっ、む、むり…」

「どうかな。こっちはもうずいぶんと濡れているぞ」

胸を嬲《なぶ》られながら、脚の間に指を滑り込まされて、ダーナがびくんと反応する。

「ほら。音が出る」

「や、やだ、言わないで…」

「熱いな。おまえの中はいつも熱い」

「は…っ」

言葉で甘くねぶられながら、ふたたび熱い舌先で刺激され、ダーナは息をのんだ。

ふたりでふれあっているだけで、たちまち駆け上ってしまう。

指でぐちゅぐちゅと音を立てられながら掻《か》き回されて、ダーナはもうたまらなくて腰を揺らし、ビーの背中に脚を巻きつける。

「ダーナ」

「は…、あ…、あぁ、あ…っ、ビー…、ああ、やっ、ビー…!」

「ダーナ」

「来て。来て…おねがい…、ビー…ッ」

悶《もだ》えて悶えてどうしようもなくなって、ダーナが泣いてねだってくる。

どうやったらダーナを究極までじらすことができるのか、グリフィスはどういうわけかよく知っている。知り尽くしている。

「指だけじゃ足りないか？」

「う…、うん…っ」

「可愛いダーナ。俺の天使」

ダーナの唇を自分の唇で覆って、予感に打ちふるえるダーナを説得するかのように熱く舌を絡める。

「入れて欲しいと言え。言ってくれ、ダーナ」

「は…っ、あ…っ、ほ、欲し…」

「言うんだ」

「あぁ、ビー…、おねがい、欲しい。欲しいの」

「何が？」

「ビー…、グリフィス、わたしの」

「そうだ。俺はおまえのものだ、俺のダーナ」

「い、入れて…、あぁ、おねがい、早くして」

「大丈夫だ。何もかも、おまえの望むとおりにしてやる」

そう、何もかもが欲しい。欲しくてたまらない。

欲望を抑えきれず、自分の前で乱れに乱れてゆくダーナを組み敷き、みずからの重たい身体を彼女の広げた脚の間に割り込ませる。

そうしてグリフィスは恋人に望むものを与え、自分もまた、得たのだった。


三日目。早朝。

鳥たちの鳴き声が満ちあふれてゆく森の中を、ふたり、馬に乗って進んでいる。

グリフィスがそっとダーナの肩を抱き、ダーナはすなおにグリフィスに背中を預けた。

ふたりの目は同じ方向を見つめている。

こんなに甘酸《あまず》っぱくて、身体の内側から輝いているようなふしぎな気分になったのは、どちらにとっても初めてだった。

ゆうべもグリフィスは時間をかけてダーナを慈《いつく》しみ、愛し抜き、永遠の愛の言葉を惜しみなく降り注いだ。

どれだけダーナを愛しているか、どれだけダーナを必要だと思っているか、ぜんぶ言葉にして、宝物のようにダーナに持たせた。

グリフィスと光の中を行きながら、ダーナは感じる。

ウェントワースの冷たい城では一度も持てなかった自信というものが、わずかだが、ダーナの裡《うち》に芽生《めば》えようとしている。

大好きな人に愛されている。

そう感じるだけで、ダーナは自分がしっかりと自分の両足で大地の上に立っているという、力強い気分になれるのだ。

そして、ダーナは知らなかったが、グリフィスもまたダーナと同じように、かつて失った自信を取り戻そうとしていた。

生みの母にさえ嫌われた自分の醜《みにく》さから、ずっと目をそむけてきた。

これ以上自分の醜さを見せられたくはなかったし、嫌われている真実をさらに思い知らされたくはなかったから、ずっと愛から心を閉ざしてきた。

それが、たった一度だった。

自分の醜さの元である大きな痣《あざ》を、ダーナのまっすぐなまなざしに、たった一度さらされただけで、グリフィスの凍りついていた魂が、瞬時に溶けた。

あの夜のことは、今でもよくわからない。

求めて、求めて、求めすぎて、すでにあふれかけていたものが、シーシュモスの森で最初に出逢ったあの嵐の夜に到達点を迎えたのかもしれない。

魂はまっすぐに射貫《いぬ》かれ、氷が溶けた。

ダーナは見つめただけ。

ただそれだけのことが、どれほど大きな衝撃だったか、ダーナにも、グリフィス自身にも、本当にはわかっていないに違いない。

「この森のはずれに教会がある」

「え？」

不意打ちのように、グリフィスに話しかけられ、ダーナは目を丸くした。

ふたりを乗せた馬はゆっくりと、光の中を極めて優雅に闊歩《かっぽ》している。

ダーナが振り返るより先に、グリフィスは言った。

「神父をたたき起こして結婚するぞ」

駆け落ちだからな。

結婚は、当然、付き物だ。

自分を納得させるかのようにそう付け加えたグリフィスが、ダーナはいとおしかった。
誰の祝福も受けさせてやれなくて悪いが、どうしてもおまえを妻にしたい。
グリフィスはそうも言った。
グリフィスは本気で、ダーナに申し訳ないと思っているようだった。
でも、ダーナにしてみれば、それは見当違いだ。
祝福してもらいたい家族は、もうこの世にいない。
大好きだった父はとうに亡く、半身にも等しかった双子の兄も命を落とした。
そして母は、ウェントワースを見捨てたダーナをけっして許さないだろう。
それでも。
ダーナは涙を浮かべて、グリフィスを見上げた。
ふたりはブリンモアでもなく、ウェントワースでもなく。
ただ、愛の存在だ。
そして、シーシュモスの野獣の求婚は受け入れられた。

6

翌日、穏やかな光に満ちた朝。

森を抜けた先にある教会の中。


「っふ」

紅を塗って健《すこ》やかな色を取り戻した唇に、自然に微笑みが浮かぶ。

今、たどり着いた教会の控え室で、たったひとりで簡単な身支度《みじたく》をしながら、ダーナはただグリフィスのことだけを考え続けている。

森の木々の前でも、せせらぎの中でも、グリフィスはどれほど情熱的に、そしてどれほど大事にダーナを抱いてくれたことだろう。

ダーナの瞳の中で、世界はすっかり色を塗り替えてしまっていた。

こんなに好きでいいんだろうか。

こんなに幸せでいいんだろうか。

なんだかくらくらする。

グリフィスのことを考えるだけで、心臓はドキドキと高鳴り、ダーナはあまりの幸福に酔ったようになった。

こんなに好きになった人と、生涯《しょうがい》、一緒にいることができる。

結婚とは、そういう約束ごとだ。

まだ短い髪をどうにかして結い上げる。あまり上手に出来てはいないと思う。

グリフィスをがっかりさせなければいいのだが。

それでもこうしていると覚悟ができてくる。

グリフィスと、ふたりきりで生きてゆく覚悟。

ウェントワースともブリンモアとも縁を切って、ただ、ふたりきり。

もう大丈夫。覚悟は決まった。

ダーナはこれから、神の御前でグリフィスとの永遠の愛を誓うのだ——。


そうして、花嫁の身支度を調えたダーナが花婿《はなむこ》であるグリフィスと祭壇《さいだん》の前に並び、朗読台の前に立った神父が、今まさにふたりに永遠の祝福を与えようとしたときだった。

ふっと斜めに黒い影が横切る。

戦士であるグリフィスのほうが反応は速かった。

ダーナもまたグリフィスの後を追って、教会の高い天井を見上げる。

「え…っ？」

ダーナは目を瞠《みは》った。

「うそ。リリイ…!?」

教会の高い天井部分に渡されている梁《はり》に、真っ白な一羽の鷹《たか》が留まっていた。

それは、まちがいなくリリイだった。鷹部屋に入り浸っていたダーナの目は、リリイの特徴あるグレイの薄い縞《しま》模様が入ったおなかを間違えたりしない。

「リリイ！　どうしてこんなとこに…」

そうして見上げながらつぶやいたとたん、リリイが急降下してくる。

ダーナはリリイがお気に入りのビーのほうへ向かったと思ったが、そうではなかった。

ダーナは舞い降りてきた白鷹リリイが自分の前の朗読台の端をつかむのを見て、目を丸くする。と。

「うわぁっ！」

「神父さま！」

突然の猛禽《もうきん》類の参列に、神父が恐怖の悲鳴をあげて教会の外へと逃げ出してしまう。

まぁたしかに、間近で見ると、鷹の鋭い嘴《くちばし》や相手を射貫《いぬ》く眼はなかなかに恐ろしい。

おかげで、ふたりの結婚は台無しになってしまった。

「リリイ？　よくここがわかったね。もしかして、ビーを追っかけて来た？」

「彼女が俺に関心を寄せているようには見えないが」

とっさにダーナを自分の背後にかばったグリフィスもまた、白鷹の突然の訪問にとまどいを隠せない。

「おまえを追ってきたのではないのか、ダーナ？」

「誇り高いリリイはわたしなんか追っかけないよ。レドの命令ならともかく」

リリイの留まっている朗読台を見つめていたダーナは、そこでふと違和感を覚えて言葉を途切れさせた。

何だろう？

何かが、いつもとちがう？

「……え…」

やがて、ダーナの視線はリリイの足首へと移動する。

「どうした？」

ダーナが音を立てるほど大きく息をのんだので、グリフィスが眉《まゆ》を寄せる。

「ああ、そんな…」

リリイの足首には、小さな革製の筒のようなものがくっつけられている。

吐息が乱れた。

激しい動悸《どうき》がして、ダーナは自分の胸を掻きむしるかのようなしぐさで押さえた。

「こんなのありえない。だって、そんな、まさか…」

「ダーナ？」

グリフィスがダーナの興奮に目を細め、そっと肩を撫《な》でる。

だが、ダーナの目は白鷹の足首に釘付けになったまま、動かない。

かつて時々、双子《ふたご》の兄妹も同じように白鷹リリイの足首を見つめていた。

〝こんな伝書鳩《でんしょばと》のような使い方をするなんて、プライドの高いリリイはぜったい怒ってるよ〟

〝でも、どんなに怒っていても、こいつは俺の言うことは聞いてくれるんだ。知っているだろう、俺の雛芥子《ポピー》？　こんな使い方をしていることは、ほかのみんなには内緒だぞ〟

そう。ダーナはよく知っている。

これは、レドとダーナだけの秘密のメッセージの受け渡し方だった。

ほかの誰も知らない、ふたりだけの。

今、白鷹リリイの足首にメッセージが託されているのだとしたら、それは、レドワルドが生きているということの証明にほかならない。

「うそ…。うそだよ。こんなこと…あるはずない」

つぶやくダーナの唇がふるえる。

「だってレドは…、崖《がけ》から落ちて死んじゃったって……」

たぁぁぁっと涙が床に落ちる。

死んでなかったら？

崖から落ちただけで、ぎりぎりで助かって、生きていたとしたら？

「ダーナ！」

「レド……！」

ダーナはもう耐えられなかった。

あふれる涙をぬぐうこともせず、止めようとするグリフィスの手に引っぱられるより先に、リリイの足首に指を伸ばす。

そうして足輪をはずされると、リリイは役目を終えたとわかったのか、はたまた、誇り高いリリイには伝書鳩の役目など耐えがたかったのか、さっと朗読台から飛び立った。

ダーナは足輪についていた筒から、小さな布きれを取り出す。

いや、布だと思ったが、それは薄くなめした古い革で、その表面にうっすらとひっかき傷のようにして小さな文字が記されていた。

書き出しは――――〝元気かい、俺の雛芥子《ポピー》？〟

「ああ…、レド…」

それはたしかにレドワルドの文字だった。ダーナにははっきりとわかる。

〝俺の雛芥子《ポピー》〟――なつかしいレドワルドの声がよみがえってくるようだ。

涙で文字が見えなくなって、ダーナは必死で頰をぬぐった。

「ダーナ。大丈夫か」

グリフィスが心配してダーナのそばへ寄ってくる。

「ああ、ビー、どうしよう」

ダーナは涙で瞳をいっぱいにさせながら、グリフィスのほうを振り向いた。

「ダーナ」

「かっ、悲しいんじゃないの。あのね、レドが…、レドがね…、生きてた――…！」

わぁぁぁと泣き出したダーナを、グリフィスがしっかりと抱きしめる。

グリフィスのぬくもりの中で、涙は洪水のようになってダーナの魂を透きとおらせてゆく。

グリフィスの腕の中では、どうしてこれほどたやすく、存分に泣けてしまうのだろう？

「〝俺は今、シーシュモスの森の狩猟小屋に閉じ込められて、ブリンモア兵の監視を受けている〟」

涙で文字が見えなくなったダーナの代わりに、グリフィスが伝言を読んでいる。

ダーナは必死に涙をぬぐって、グリフィスの言葉に耳を傾けた。

「ブリンモア兵の監視？」

「〝身分はばれていない。ただの木こりと思われている。崖から落ちた後しばらく、森の木こりの家で手当てを受けていたせいだ。心配かけただろうね。大丈夫。俺は生きているよ。でもリリイを呼び寄せたところを敵に見られて、間諜《スパイ》ではないかと疑われてしまったんだ〟」

読み進むにつれ、ダーナの心に暗い闇が滑り込んでくる。

敵。

ウェントワースにとって、ブリンモアは永遠の敵なのだ。

「〝この手紙を受け取ったら、ただちに応援を呼んでほしい。ブリンモア兵は獰猛《どうもう》で悪魔のような連中だ。俺への扱いも日増しにひどくなっている。非人道的なブリンモア兵の仕打ちに、これ以上耐えられるかどうかわからない。ブリンモアとの和平交渉に応じる気も、もはや失せた。こんなことを命じる領主と和解などできるはずがない。ブリンモアのグリフィスはまさに残虐《ざんぎゃく》なシーシュモスの野獣だ。助けてくれ。――おまえを愛する片割れより〟」

グリフィスが読み終わったのを確認したかのように、リリイが甲高《かんだか》い鳴き声をあげた。

彼女は高い梁《はり》の上に留まって、その鋭い眼でじっとダーナたちを見下ろしている。

ダーナはといえば、今や涙も乾き、沈黙の中で立ち尽くしていた。

最愛の片割れ《ベター・ハーフ》。

ずっとずっと、レドだけがダーナを守ってくれていた。

悪魔のようなプリンモア。

残虐なシーシュモスの野獣グリフィス。

ダーナが愛したシーシュモスの森のビーは、最愛の兄レドを殺しかけている――――。

「ダーナ…」

まったく感情のない声でレドワルドからの手紙を読んでいたグリフィスが、顔を上げ、ダーナの肩に手を伸ばす。が。

「！」

ほとんど反射的に、ダーナは身を退いた。

静まり返った教会の中、ダーナの心の一番奥底で、何かがぱきんと壊れたような音がする。

たった今まで、幸福の絶頂にいた。

ダーナの心の中にはグリフィスへの愛しかなかった。

疑いなど入り込む隙《すき》もなく。

「ダーナ」

ふれようとした手を握りしめ、グリフィスはダーナに言った。

「俺は、命じていない」

グリフィスの声は静かだった。

「俺が信じられないか」

「信じたいよ！」

ダーナが堰《せき》を切ったように吐き出す。

「信じたい！　あなたがそんな非道《ひど》いこと命じる人じゃないって！　信じたいよ、ビー！」

「だが、信じられないんだな」

グリフィスの喉《のど》からは、ぞっとするほど冷たい声が漏《も》れていたのだが、兄のことでいっぱいになってしまっていたダーナの耳は、その不穏な冷たさに気づかない。

「だっ…、だって、レドが…！」

レドが、殺されてしまう。

死んでしまったと思っていた兄レドワルドが生きていて、それだけでも混乱しそうなのに、今はグリフィスの命令で殺されそうだという。

「ああ、どうしよう」

混乱に疲れ果てて、ダーナは祭壇の向こうにあるマリア像へぼんやりと目をやった。

グリフィスの花嫁になるための聖なる場所が、今ではすっかり色褪《いろあ》せて、どれもこれもが頽《たい》廃《はい》した黒茶色《セピア》に染まって見える。

何を浮かれていたのだろう？

何もかも放り出して逃げて、何も見ないふりをして、ふたりだけで、本当に幸せになれるとでも思っていたのか。

ブリンモアのグリフィスと、ウェントワースのダーナが？

「夢だよ」

ダーナは独りごとのように口の中でつぶやいた。

夢だ。

何もかも。

「わたしたちが幸せになれるなんて、夢だったんだよ」

ただの、一瞬の儚《はかな》い夢だった。

「ふたりだけで逃げ出したって、どっちも幸せにならない。わたしはレドを忘れられないし、ウェントワースのことも忘れられないし、ビーだって、自分の領地の人たちのこと、ほんとうに忘れられる？」

「ダーナ…、よせ…」

「エゼルスタンさんは、ビーは誰も寄せつけないって言ってたけど、それはビーがブリンモアの人たちのことを一番に考えてるからって知ってたよ。跡目争いがひどくなったときも、そのせいでみんなの暮らしがおびやかされるのはいやで、一族に嫌われても一番強い領主でいようとしたって、エゼルスタンさんは知ってた。それに、お母さんがいたあのお部屋。ブリンモアのお城の中で、あの部屋だけはすごく居心地が良かった。ずっと大事にされてきた部屋なんだってわかったよ。そういうの何もかも、忘れられる？」

「やめろ！　俺を言い訳にするな！」

グリフィスが激昂《げっこう》して、結婚の儀式のために着けてきていた仮面を投げ捨てる。

仮面は激しい音を立てて教会の床に転がり、ダーナは圧倒されてうしろへ下がった。

「ビ、ビー…」

「どう言おうと同じことだ！　結局、おまえも俺を捨てるんだ！　それだけのことだ！」

「ビー！　そんなこと…！」

「いいさ。好きにしろ」

それまで激していたグリフィスが、ふいにすべてを投げ出したかのように静まり返る。

「ビー？」

唐突《とうとつ》な静けさは、ダーナを不安にさせる。

ルビー色の瞳を大きく瞠って見つめてくるダーナの前で、グリフィスが視線をそらした。

「俺はおりる」

「え？」

「駆け落ちの真似《まね》ごとは終わりだと言ったんだ！　さぁ！　おまえは自由だ！　兄でも誰でも勝手に助けに行け！」

「待って、ビー！　いや！」
傷つけた？
傷つけたんだ。取り返しがつかないほど深く。
恐ろしいほど傷ついて、世界の果てまでもひとりぼっちで彷徨《さまよ》っていたビー。
誰にも愛されず生きてきて、自分は愛を感じることもできないと思いこんでいたビー。
黄昏《たそがれ》のシーシュモスの森を、いつもひとりで歩き回っていたビー。
そんなビーがやっとやっと開いてくれた心を、今度はダーナが傷つけてしまった？
失うものの大きさをいきなり感じて、ダーナはぞっとした。
「ビー！　おねがい！」
背を向けられて、その大きな腰にどうにかしてしがみつく。
だが、どんなにぎゅっとしても、グリフィスは振り返りもしない。
だめ。
ここで心を閉じてはだめ。閉じないで。
こっちを向いて。
おねがい。
「たっ、助けてくれないかな？」

ダーナは必死になって懇願《こんがん》した。

「わたしひとりじゃ、無理だよ。ビーが一緒に行ってくれれば、ブリンモアの兵士さんたちもすぐにレドを解放してくれるよ。そうでしょ？」

「なぜだ？」

「えっ」

「なぜ俺が敵を助けなければならない？」

「で、でも、レドはわたしの…」

「そうだ。おまえの兄だ。おまえの兄はウェントワースの領主だ。敵だろう？　おまえの兄もそう書いているぞ。もはやブリンモアとは和平の意思もないと」

「ビー！」

恋人の声の冷たさに、ダーナが青ざめる。

グリフィスはゆっくりと振り返った。

「おまえは俺よりも身内を選んだ。俺の敵に戻るということだ。駆け落ちをやめるというのはそういうことだろう」

グリフィスはそうして、ダーナの腕を自分の身体《からだ》から外してしまう。

水色の瞳はたしかにダーナに向けられていはしたが、本当の意味でダーナを見つめてはいないとわかる。

拒絶。

心の扉が閉じられてゆく重たい音が聞こえるかのようだった。

「ビー」

「俺に何も期待するな」

そう言ったグリフィスは、唇にうっすらと笑みさえ浮かべている。

ドキドキと動悸《どうき》が激しくなってゆくのを感じながら、ダーナは凍りついたようにその場に立ち尽くしている。

教会の祭壇の前にいるわたしたち。

ついさっきまでは結婚の約束をした者どうしで、甘い期待に胸をふくらませていた——。

「今度会うときは、敵同士だ」

「いや！」

胸の中で、嵐のように感情が吹き荒れる。

去ってゆこうとしているグリフィスの背中に、ダーナはこぶしを握りしめて叫んだ。

「じゃ、じゃあ、やめる！　レドを助けに行くのはやめる！　わたし、ビーと行くから！」

いや。いやだ。

ビーを失うのだけはいや。

ダーナは切羽詰《せっぱつ》まって、吐き気さえ覚えた。

ほんのいっとき前まであんなにやさしくて、あんなにダーナを愛してくれた人が、今は背中しか見せてくれない。

ダーナの言葉は彼の魂のどこにも響かない。

あのやさしい水色の瞳は、もうダーナを映すことはない？

ダーナはどうしたらいいのかわからなくなった。

失うことが恐ろしくて、恐ろしすぎて、必死に瞠《みは》った瞳には涙さえ出てこない。

「ビー…っ！」

悲鳴のように名前を叫ぶ。ダーナだけが呼ぶ名前だ。

愛の名前。

愛しか込めていないのに。

グリフィスがぴたりと足を止める。

だが男は振り返りはせず、わずかに視線だけを動かして、肩越しに言った。

「俺と寝たいのか？」

「ビー！　ちがうよ！」

ダーナは否定したが、グリフィスにはもはやダーナの声など届かない。

祭壇の前に立つために脇に置いていた剣を腰に戻しながら、グリフィスは何の感情も交えない声で言った。

「抱いてほしければそう言え。敵の女を抱くのも一興だ。肉欲を抑えられないなら、いつでも来るがいい。抱いてやる」

「――――」

あまりに侮辱《ぶじょく》的な言葉に圧倒されて、絶句する。

ダーナの足はがくがくとふるえていた。

今にも倒れそうだった。

終わり？

まさかこれでほんとうに終わりなの？　わたしたち？

そんな。

そうして絶望に包まれてゆく女に、男は言い放った。

「だが、俺を言いなりにできると思うな。娼婦《しょうふ》だろうと貴族だろうと関係ない。俺はけっして女の言いなりにはならない――――」

第五章　孤独の果てに愛に出逢う

1

一週間後。
ウェントワース城の鷹部屋。
白く抜け落ちたような夏の真昼。

ウェントワースの城の中庭には、夏の初めの日射しがまぶしく降り注いでいる。
白鷹リリイにとっては、狩りへの意欲が増す良い季節だった。
だが、リリイの主人に季節を感じる余裕はない。

ブリンモア兵による拷問《ごうもん》の傷が、いまだ癒《い》えてはいないのだ。

鷹部屋から飛び出したリリイは、しばし屋根の上を未練がましく旋回していたが、やがて城から離れ、森のほうへと飛んでいった。


「レド、リリイが狩りに行きたいって待ってるよ。早く目を覚まして」

鷹部屋の高い位置にある丸窓から外を見上げて、ダーナがつぶやく。

ここにひそかにレドワルドを運びこんでから、もう何日が過ぎただろう?

仮設の寝具の上に横になったまま、双子の片割れはまだ目を覚まさない。

ブリンモア兵に受けた拷問《ごうもん》のせいもあったが、矢を射《い》られて崖《がけ》から落ちたときの傷が再度開いてしまったためもあった。

「こんなとこに寝かせてごめんね。でも、きれいに掃除はしたし、こっそりお医者さんにも来てもらったから大丈夫だよ」

ダーナはそう語りかけながら、おそるおそるレドワルドの胸に耳を当て、鼓動の音を聞いてほっと溜息を吐く。

最初に運びこんだときに比べれば、だいぶ吐息も楽そうになっている。

ひたいに手を当てると、熱も治まっているのがわかった。

「よかった。ねぇ、レドのこと、すごくきれいな人が助けてくれたんだよ。エゼルスタンさんっていうの」

グリフィスと別れて、ダーナの気持ちは千々《ちぢ》に乱れたままだった。

ほんとうは死にたいと思っていた。それでも、レドワルドを助けなければというたった一つの思いだけが、ダーナを突き動かしていた。

そうして狩猟小屋を目指してふらふら森の中を歩いていたダーナを、エゼルスタンが見つけてくれたのだ。

「エゼルスタンさんてね、ブリンモアの領主の従者なんだよ。あの人が領主様のことを大事にしているのは、いつもよくわかったの。どうしてそんな人があんなにわたしたちに親切にしてくれたのかわからない。でも助けてくれたの。護衛が必要だろうって牢屋からフロたちも解放してくれたし、馬もね、エゼルスタンさんが用意してくれたんだよ。すごいでしょ？　ほんとに、なんであんなにやさしくしてくれたんだろ…」

レドワルドの寝台の横に座り、お布団の端にぽふっと頬を預ける。

感情的な疲れや看病疲れもあって、こうやって兄とおしゃべりをしているうち、たいていは眠くなって寝てしまうダーナだ。

このように昏々《こんこん》と眠り続けるレドワルドが、領主の部屋ではなく、こんな離れた鷹部屋にひそかに運びこまれたのには理由がある。

「ちゃんとレドの言うとおりにしてるよ。レドが生きてるってことは、ウェントワースの人はまだ誰も知らない。お母様や大伯父《おおおじ》様にも、ちゃんと隠してるよ」

それが、レドワルドの希望だった。

囚われていた狩猟小屋から救い出されるとき、レドワルドはダーナに言ったのだ。

〝ここのブリンモア兵は、どうやら正規兵じゃない。雇われ者の傭兵《ようへい》だ。それもブリンモアの領主にではなく、ギラント一族に雇われたらしい〟

「ウェントワース城に戻ってね、わたしも驚いたの。だって、お城の中がギラントの一族の人たちでいっぱいになってたんだもん。誰もわたしのことなんか構わないから、ちょうどよかったけど」

ギラントの一族は、母ベルガの出身一族だ。

今では、ギラントの一族が城内のすべての権限を握っていると言ってもいい。

特に、ベルガの伯父にあたるギラント一族の長ブルグレッドは、今やウェントワースの領主と同等かと思えるほどの権力を掌握《しょうあく》していた。

「誰も、ブルグレッド大伯父様にはさからえないんだよ。わたしもすっごくこわいから、あんまり母屋には行ってないんだけど、でもさっき、お母様に呼び出されちゃって…」

口にすると、急に不安が大きくなってくる。

レドワルドは苦痛に喘《あえ》ぎ、気を失ってしまう寸前に、ダーナに言ったのだ。

〝俺の雛芥子《ポピー》、おまえの身の安全が心配なんだ。俺が生きて戻ったことは、ギラントの人間には隠し通してくれ。母上にも言うな。頼む…！〟

2

同日、一時間後。

ウェントワース城、領主の間。


「え…？　オッファ様？　と結婚？　わたしが、ですか？」

ダーナは一瞬、耳を疑った。

ベルガに呼び出され、ウェントワース城の領主の間にやってきたダーナを、ギラントの一族がずらりと取り囲んでいる。

そうして唐突《とうとつ》に宿敵ブリンモアの貴族男性との結婚を命じてきたのは、母ベルガではなく、ギラント一族の長であるベルガの伯父ブルグレッドだった。

「あの、オッファ様とおっしゃるのは…」

「じきにブリンモアの領主になる男だ。シーシュモスの野獣はまもなく殺される」

「えっ。うそ。グリフィスは殺されたりしません」

「お黙り！」

言い返したとたん、ダーナは頰《ほお》に焼けつくような痛みを感じて、その場に倒れてしまう。

ダーナの頰に平手打ちを食らわせたベルガが、吐き捨てるように言った。

「大伯父様に口答えするでない！　おまえはオッファに気に入られればそれでよいのじゃ！　おまえのような小娘がわたくしたちの役に立つ方法は、そのくらいしか残ってはおらぬ！」

「まぁ、そういきり立つな、ベルガ。おまえの娘がおびえているではないか」

頰を押さえてがたがたふるえるダーナの前に、どちらかと言えば線の細い男性が立ちはだかる。ベルガの伯父ブルグレッドである。

「そんな妖精の取りかえ子など、娘でも何でもないわ。わたくしは昔から女も子どもも大きらいなのじゃ。これまでも、わたくしには娘などおらぬと公言してきたのに、今さら必要になるなど、いまいましい」

「ふ。そう言うな。これは大いなる機会なのだ。オッファによれば、このところ、シーシュモスの野獣と呼ばれる現領主・グリフィスの暴君ぶりは凄《すさ》まじく、今や一族の者たちもすっかり見切りをつけているという」

ダーナは頭上で響いた大伯父の言葉に、目を瞠《みは》る。

ビー？

暴君って、ビーが？　そんな。

がく然としているダーナには気づかず、ブルグレッドが続けた。

「これは悪くない話だ。なにしろ、これまで激しやすいブリンモアの貴族どもをまとめていたのは、あの仮面の野獣だった。グリフィスさえいなくなってくれれば、ブリンモアなど恐るるに足らず」

グリフィスの名を耳にするたび、ダーナはびくっとふるえてしまう。

グリフィスとの別れがつらすぎて、なるべく考えないようにしていた。

そうしなければ、生きていられなかった。レドワルドの看病もできなかっただろう。

でも、こうして愛する人の名を耳にしてしまうと、心臓は早鐘のように打ち始めてしまう。

「グリフィスの従弟《いとこ》のオッファという男は、たいそうな野心家だが、頭はグリフィスほど切れない。ちょっと脅《おど》すだけで我々の言いなりになったのがその証拠だ。やつはブリンモアを従兄から奪い取った後の保護を求めて、ブリンモアの土地の一部を我々に引き渡すと言ってきた。そのための取引材料が、おまえの娘ダーナだ。彼女は今や我々の大事な切り札だぞ。オッファは我々と血の絆《きずな》を結ぶことで保身をはかりたいのだ」

「ふん。血の絆じゃと？　わたくしとその子の間に何の血のつながりもないことは、伯父上こそよくご存知ではないか」

——え？

グリフィスのことに気を取られていたダーナは、一瞬ぽかんとしてしまう。

何の血のつながりもない？

お母様ではない、ということ？

え？　じゃあ、わたしたち、わたしとレドのお母様は……誰？

「もともと伯父上のご命令でなければ、ウェントワースの城など入りたくはなかったのじゃ。それを、伯父上がウェントワースに嫁《とつ》げば楽ができる、贅沢《ぜいたく》ができるなどと仰《おお》せになるから」

「贅沢はできたはずだが？」

「ええ、ええ。よもや双子など育てさせられるとは、思いもよらぬ豊かさじゃ。この見返りは当然、伯父上が支払ってくれるのじゃろうな？」

混乱しているダーナに構わず、ベルガはゆっくりと痩《や》せぎすの伯父へと近づいてゆく。しどけない目で伯父を見上げるベルガは、男を誘惑する娼婦《しょうふ》さながらだ。

黒い羽根を広げた蝶のように、誘惑のダンスを舞い始める。

もはやベルガの瞳には、気に食わない銀髪娘なぞ映ってはいなかった。

自分のためだけに、欲望のまま自在に人を操る毒婦にとって、ダーナはもはや気遣いも必要ない存在だ。何を聞かれようと構わないという態度が、ありありと表れていた。

「のう、伯父上。我が夫は、双子の母親を探し始めたとたん、矢を射られて崖から突き落とされたな。もちろんわたくしは報告をしただけで、頼んではおらぬが」

我が夫――――レドワルドとダーナの父で、ウェントワースの前領主のことだ。

矢を射られて崖から突き落とされた？

ダーナたちはずっと、父は戦《いくさ》で命を落としたと知らされていた。

でも、ちがったの？

お父様は……殺された……？

ダーナの脳裏《のうり》に、まったく同じ方法で突き落とされた兄レドワルドの映像が浮かぶ。

まさか、レドワルドも？　この人たちが……？

どうして？

「その双子の母親を、罠《わな》にはめて城から追い出したのは、誰だったかな？」

「まぁ、そんな何年も前のことを。意地悪な伯父上」

ベルガは艶然《えんぜん》と微笑みながら、伯父ブルグレッドの胸にしなだれかかる。

「あんな貧相な女のことなど、もうすっかり忘れておった。たしかブリンモアの女じゃった。子どもを産めぬわたくしの代わりに、跡取り息子を置いていっただけの女じゃ。双子は殺したと告げたら、疑いもせずにすごすごと引き下がっていったわ。いい気味じゃ。ブリンモアの分際で、ウェントワースの領主になる男に手を出すなど、盗《ぬす》っ人猛々《たけだけ》しいというものじゃ」

「そうしておまえは、傷心のウェントワースの若き領主をモノにしたな。たいした女だ」

「男たちがわたくしの魅力に逆らえないのはいつものことじゃ。伯父上もそれがわかっていてわたくしをウェントワースの未来の領主に差し出したくせに、今さら責めるのかえ？」

「フ。ウェントワースは魅力的な土地だったからな。これにブリンモアの土地を合わせれば、イングランド王など恐るるに足りん。そうだろう？」

「うふふ、そうじゃそうじゃ。イングランド王など早よう毒殺すればよい」

ざわりとダーナの背中が総毛《そうけ》立《だ》つ。

恐ろしいことが起こる先触れだ。

「五日後にこの城を訪れたときが王の最期《さいご》じゃ。レドワルドが死んでしまって、わたくしはどうしたらよいのかと思っておったが、伯父上がわたくしをお見捨てになるはずはなかったの。この世で一番強いのはそなたじゃ、ブルグレッド。わたくしはこの世で一番強い男が好き」

「まったく好い女だな、ベルガ。よく聞け。ギラントの一族がこのイングランドに君臨する日は近い。我々が長年思い描いてきたことが、そなたのおかげでようやく実現するのだ」

「ああ、素敵じゃ。そうしたら、もうどこにも嫁がずとも、わたくしはこの世で一番強い男に守られて、贅沢三昧《ぜいたくざんまい》をして過ごせるのじゃな」

「そのとおりだ」

「その日が待ち遠しい……！」

ほほほと高らかに笑うベルガを前に、ダーナの頭の中は真っ白になった。

これまでの自分が根底から突き崩される。足元の大地がいきなり消えたかのようなショックを味わって、ダーナは赤くなった頬を押さえたまま、その場で動けなくなった。

レドワルド。

グリフィス、わたしのビー。

リリイ。

ウェントワースのみんな。

お父様と、どこかにおられるお母様。

ダーナの中で、大切な人たちの呼び名がぐるぐると回転し始める。

「髪を切らせたのは間違いだったな。だが、身体はそう悪くもない」

自分のことを言われているようだが、そんな陰謀《いんぼう》の声も今は遠く聞こえた。

「髪をうまく結いあげて、男好きのするドレスで着飾らせれば、ブリンモアのオッファも納得するだろう」

「オッファにうまく取り入らねばならんぞ。この城にはもともと、おまえの居場所なぞないのじゃ。兄が妹を望んだから、しかたなく共に育ててやったにすぎぬ。そんなおまえが嫁ぎ先を決めてもらっただけでも、ありがたいと思うのじゃな！」

捨て台詞《ぜりふ》を残して、ベルガとブルグレッドがその場を後にする。

他のギラントの一族も彼らについて移動してゆき、だだっ広い領主の間に、ダーナはひとりぽつんと取り残された。

まだ何の感情も湧いてこない。

赤い瞳にも何も映らず、ただ、ぼんやりと立ち尽くしている。

ずっとずっと、長い間、お母様に認めてもらうことだけを望んで生きてきた。

でも、そのお母様はほんとうのお母様ではなかったのだ。

そして今、ダーナはグリフィス以外の人に嫁ぐことを求められている。

グリフィス。

ふいにその名が心の奥底からわき上がった。

ダーナの心の中に、たったひとつだけの名前が燦《きら》めき始める。

あまりの悲しみ、あまりの後悔に、これまで必死に押さえつけ、思い出さないように思い出さないように、涙ひとつこぼさぬように努力してきた。

そう。

ダーナはウェントワース城に戻って以来、泣いていなかった。

いや、その前から、グリフィスに別れを宣告されて以来、泣いていなかった。

あまりの衝撃に、心は乾いてひび割れたようになり、考えることさえできなかった。

そんな時間が、嵐のように、一気にダーナに襲いかかってくる。
「グリフィス…」
別れてから、初めて口にした愛の名前。
そうして。
ダーナはさめざめと泣きだした。
堰を切ったかのように、涙はあふれてあふれて、滝のように頬を流れ落ちてゆく。
「グリフィス…、グリフィス」
ダーナは両手で自分の肩を抱きしめた。
「ああ、グリフィス…！　逢《あ》いたいよ……！」
切なかった。
身体じゅうがグリフィスを求めてふるえていた。
できない。
ぜったいにできない。
グリフィス以外の人と結婚するなんて、ぜったいにいや――――！
心の奥底から何か熱いものが、じわっとせり上がってくる。
逢えないでいた孤独な時間が、ダーナを強くしていた。
ダーナはなんだか自分で自分が信じられない。

これは何？
わたしの裡《なか》からわき上がってくる、この強い力は……何――――？

いつしか涙は乾いていた。
泣いていても、何も変わらない。
泣いているだけでは、これまでのだめなわたしと同じ。
レドワルドが目を覚ますまで、わたしがちゃんとしなくちゃだめなんだ。
あきらめたくないから。
ぜったいにもう一度、グリフィスに逢いたいから。
考えなければ。たくさんたくさん、考えなければ！
ダーナはグリフィスではなく、今、自分自身を見つめている。
自分自身の弱さ、自分自身の実力、そして自分の周りにいる人たちの力を。
ダーナはもう一度、自分の心に誓った。
わたしはあきらめない。
グリフィス、あなたともう一度逢うまでは、ぜったいに、あきらめない……！

3

同日、同時刻。

ブリンモア城下、オリヴィア邸。

筆頭侍女ジザベルの私室。


「もうどうしたらいいか、僕にはわからない！」

一方。

エゼルスタンは、ブリンモア城を飛び出して、グリフィスの母親オリヴィアの屋敷にいた。

間諜《スパイ》の疑いのある男を勝手に逃がした罪で投獄《とうごく》されるようなこともなく、折檻《せっかん》を受けるようなこともなく、元気よくカンカンになって。

「真っ昼間から飲んだくれて、戦《いくさ》の会議にも領地の管理にも出やしない！　あんなグリフィス様は初めてだ！　まったく手がつけられない！　前みたいに戦まみれになっててくれたほうがまだマシだったよ！」

「まぁ、エゼルスタン。すこし落ち着いて話してちょうだい」

ダーナと同じ薄い金髪をした女性――エゼルスタンの母親ジザベルが、感情的になっている息子をゆったりとたしなめる。

「そんなにまくしたてられたら、わけがわからないわ。いったいグリフィス様に何があったというの？」

エゼルスタンが頬を赤らめ、母親のほうへ向き直った。

「グリフィス様は、失恋したんだと思う」

「ま」

「男があんなふうになる原因として考えられるのは、それしかないでしょ」

「グリフィス様が失恋だなんて。この間、恋をしているかもと聞いたばかりよ。もしかして、私の娘に？」

「ええと、そういうことになるのかな？」

エゼルスタンがうしろめたさに目を白黒させる。

「会わせてと言ったのに」

ジザベルが、間髪容《かんはつい》れずに追い打ちをかけた。

「ダーナはウェントワースに戻っちゃったんですって？　私が会いたがっているということは知らないまま？」

「ごめん、ママ。でも、あのときはふたりを助けるだけで精いっぱいで、ママのことまで頭が回らなかったんだ」

「ふたり？」

「ダーナさんと、ダーナさんの双子のお兄さん」

「！」

　母ジザベルの目が切なく煌めいて、エゼルスタンがうなずき返す。

「ママが産んだのは双子だって言ったでしょ。ふたりはそっくりってほどじゃなかったけど、やっぱり似てたよ。それに、ママにも似てた。お兄さんのほうがより似てたかも」

「そう。ふたりとも、生きていたのね……！」

　ジザベルの目に涙が浮かぶのを見て、エゼルスタンが度肝《どぎも》を抜かれている。

　気の強い母が泣くような場面に、物心ついてからは出くわしたことはなかったのだ。それとも、気が強いと思っていたのはエゼルスタンだけで、母もか弱き女ということなのだろうか。

「それで、当面のところ、グリフィス様はどうなりそうなの？」

　ジザベルはすぐに涙を引っ込め、本題に戻った。自分の役目を思い出したからだ。

　ジザベルの役目は女主人オリヴィアに真実を伝えること。

　オリヴィア邸に引き取ってもらった恩は、生涯《しょうがい》忘れないと誓っているジザベルである。

「そんなふうにお酒に飲まれているようでは、ブリンモアの領主の仕事もうまく回っていないのでしょうね。周りのみんなから不満が出始めている？」

「そのとおりなんだ、ママ。もっとも、城内のことは今のところどうにかみんなにお願いしてやってもらってるから大丈夫なんだけど、問題は外部からの突き上げだよ」

「外部？」

「グリフィス様の様子を聞きつけた従弟《いとこ》のオッファ様が、ブリンモア城に入り込んできてるんだ。オッファ様のことだから、ブリンモア城内に間諜でも放っていたんだろうな。やることが早すぎだよ」

「オッファ様というのは、ブリンモアの領主の座を狙っているという話だわね？」

「そう。それもかなり露骨に」

母と息子の間に沈黙が落ちる。しばらくしてから、母のほうが口を開いた。

「まずいんじゃない？」

「まずいよ。ブリンモアのお家騒動については、グリフィス様が領主の座に就《つ》かれたときに、国王陛下からも厳しい御言葉を戴《いただ》いているんだ。もう二度と争乱は起こさないようにって」

「そうだったわね」

「なのに、実はブリンモアはいまだに不安定な状態だってことになって、その原因がグリフィス様にあるなんて判断されれば、グリフィス様は領主の座を追われかねないし、最悪、ブリンモアの領地もお取り上げになってしまうかもしれない」

「深刻ね」

「うん。でも、何度そう忠告しても、グリフィス様は聞く耳を持たない。今のグリフィス様には誰が何を言っても無駄なんだ」

「そう。問題ね」

「問題だよ。どうにかしなきゃ。でも、どうすればいいのか」

そう言って黙り込んだ息子を、ジザベルがじっと見つめ返す。そして言った。

「どうすればいいのか考えついたから、ここへ来たのでしょう？」

エゼルスタンは目を丸くしたが、ジザベルには息子のことがよくわかっている。

ウェントワースから故郷ブリンモアに戻って、ようやく落ち着いた結婚をしたジザベルは、息子が父親に似ていることを喜んでいた。ジザベルの今の夫は、自分のことよりも仕える相手のことをよく考える。つまり、息子が選んだ道と同じ、従者なのだった。

「言ってごらんなさい。おまえが考えなしに動く子でないのは、よく知っているわ。週末でもないのにここへ来た理由を、言いなさい。それが正しいことなら協力しましょう」

「うん。ママ。オリヴィア様にグリフィス様に会っていただくよう、お願いできないかな」

今度はジザベルが目を瞠《みは》る番だ。

ある程度は想像していたとはいえ、息子の依頼はジザベルの女主人にとって、簡単なことではなかった。

「エゼルスタン、それは…」

「オリヴィア様に何か深い事情がおありなんだろうっていうことは、僕にももうわかってる。だから今まで、グリフィス様がお母上のことでどんなに傷ついてるってわかっても、僕はお願いしなかった。グリフィス様にも、お母上がグリフィス様のことを気にかけておられることを黙ってきた。でも今は、オリヴィア様が必要なときだと思う」

エゼルスタンの声は、ジザベルが驚くほど真摯《しんし》で、すっかり大人のそれだった。

ジザベルは不思議だった。

エゼルスタンには淋《さび》しい思いをさせたことはほとんどないと思う。双子を育てられなかった分、エゼルスタンには全身全霊で愛を注いできたジザベルなのだから。

この美しい息子は、いつ、どこで、人が淋しい生き物であることを学んだのだろう…？

「グリフィス様はずっと自分が母親に捨てられたと思っているんだ。だから、失恋にも耐えられない。そりゃ失恋は誰にとってもつらいものだけど、グリフィス様は特別なんだ。つまり、女の人に捨てられるというのが、もうほんとに、だめなんだと思う」

「――――」

長い沈黙が続いた。ジザベルは神経質に爪を噛《か》み、考え込んでいる。

やがて、顔を上げて息子を見つめたジザベルは、意を決して言った。

「オリヴィア様にお願いしてみるわ。おまえはここで待っていなさい」

4

四日後、光なき午後。

ブリンモア城、領主の間。


ブリンモア城の中はしんとして、人の出入りもなかった。

時折領主が暴れて、見境なく物を投げつけたり、思いもよらぬ場所を破壊したりするというので、誰も近づかなくなったのだ。

特にこの広々とした領主の間には、ここ数日、人は立ち入っていない。

領主グリフィスのほかには。

しかし今日は一人、無謀《むぼう》を押して入ってきた者がいた。

その人間の顔は、しかし、グリフィスを楽しませることはない。

「またおまえか、エゼルスタン。その美貌《びぼう》は見飽《みあ》きたぞ」

「はぁ。そう思って、今日は別の美貌を用意しました」

「ハッ。女は足りている。余計な世話を焼くな」

グリフィスは玉座に横向きに座り、肘掛けから長い脚を投げ出して、頭は高い天井を向いてのけぞっている。

のけぞってまぶたを閉じた顔には無造作《むぞうさ》にマントをかけて、だらしないことこの上ない。

極端に窓の少ないブリンモア城の中は、昼間でも薄暗く、昨夜から飲み続けている男には、光の具合は問題ないはずだったが、彼は暗闇を好んでいる。

仮面はもはや着けていなかった。

何もかも、どうでもよくなったのだ。

女は足りているなどと豪語したわりには、周囲には誰も寄せつけていない。

「女」

さらさらという衣擦れの音が聞こえてきて、グリフィスが鬱陶《うっとう》しげに唸《うな》り声をあげた。

「俺に近づくな。殺すぞ」

脅《おど》し文句など言い慣れたものだ。相手が誰かも確認しない。

「あなたには殺されてもしかたがないと思っています。わたくしはもう何年も前に、あなたを育てることを放棄《ほうき》した女なのですから」

「――――!?」

酒に溺《おぼ》れているはずの男が、全身を凍りつかせる。

彼はとっさに脇に差していた剣に手をかけた。

「エゼルスタン…！　おまえはまた…、誰を連れてきた…！」

「エゼルスタンなら、もうおりませんよ。わたくしが、ふたりきりにしてと頼んだのです。

――グリフィス。最後にお別れを告げたとき、あなたはまだほんの赤ん坊でした。わたくしを覚えてなどいないでしょうね。オリヴィアです」

「………！」

女の声に聞き覚えはなかった。

名前を呼ばれた覚えなどなかった。

だが、あるような気がしてくる。

グリフィス。グリフィス。グリフィス…。

「くそ…っ」

グリフィスは青ざめ、よろめきながら立ち上がった。

ふるえる手には剣を握りしめている。

だが、彼はけっしてオリヴィアのほうに、痣《あざ》のあるほうの顔は見せようとしなかった。

横を向いたまま、掠《かす》れた声で拒絶する。

「出ていけ…！」

「……あなたが望むのなら、そうしましょう。グリフィス」

オリヴィアは強要しなかった。

母と息子の間で過ぎていった空白の二十七年を、ただ嚙《か》みしめていた。

これまでは従者エゼルスタンの話でしか聞いていなかった、大きくて逞《たくま》しい立派な身体《からだ》。

横を向いて痣を隠してはいるけれど、顔立ちはとても美しい。

当人は気づいていないのかもしれないけれど、この様子では女性たちも、恐れを抱きつつも
その目は息子に惹きつけられて離れないだろう。

そうしてオリヴィアがゆっくりと背を向けかけたとき、グリフィスの横顔が苦痛に歪んだ。

「今さらだ……！」

「え……」

「今さら、なぜ顔を見せる！　金でも無心に来たか！」

「まあ。ちがいますよ」

オリヴィアはおっとりと答える。

「エゼルスタンに頼まれました。あなたが、わたくしに見捨てられたと思っているからと」

「事実だろう！」

「そうですね。たしかに、わたくしはあなたを見捨てた母親です。母親と口にするのもおこがましい気がいたします。けれど、見捨てたくて見捨てたのではありません。事情があったのです」

「事情だと？」

「ええ」

まるで静けさをまとっているかのように、そっとうなずく。

グリフィスはなぜか、この女性に圧倒されていた。

物腰が柔らかく、何ごとにも動じない女性らしいしなやかさに満ちたオリヴィアに。

「人生には、自分ではどうしようもできないことも起こるのです。そのときには、起こってしまった運命に立ち向かうしかありません」

「立ち向かった結果がこれか。どんな事情があって、赤ん坊を捨てて城を出た？　なぜそんなことができたんだ」

「わたくしが苦しまなかったと思っているのですか？」

彼女の声は静かすぎる。

グリフィスはごくりと喉《のど》を鳴らした。

「苦しんだ？　息子のあまりの醜《みにく》さにか？」

「ああ。グリフィス」

このとき初めて、オリヴィアの声が動揺《どうよう》したように揺れる。

彼女は悲しげに続けた。

「ぜったいにちがいます。それに、あなたの顔の痣は生まれつきのものではありません」

「な…に？」

生まれつきのものではない…？

では、呪いによってつけられたものではないというのか？

寝耳に水の話だった。

今度はグリフィスのほうが、がく然として母親を見つめることになる。

と、そのとき。

「ご歓談中、申し訳ありません！　でも、大変なんです！」

従者エゼルスタンが冷静さを欠いた様子で飛びこんでくる。

重大と思われる話を中断されたグリフィスは、眉《まゆ》を寄せて従者をにらんだ。

「何ごとだ？」

「シーシュモスの森に、ウェントワースの軍隊が現れました！」

「何だと？」

「どうか一緒に来てください！　とにかく、大軍なんです！」

5

同日、薄曇りの午後。

シーシュモスの森の中央。

ウェントワース領からも、ブリンモア領からも、ちょうど同じくらいの距離にあるシーシュモスの森の中央部、広場のようになった場所に陣を張る。

ダーナはかつてレドワルドの代理を務めたときのように武装して、ウェントワース軍の指揮に当たっていた。

以前と違うのは、兵士たちがダーナを〝レドワルド様〟とは呼ばないことだ。

レドワルドは、当人が望んだとおり、ブリンモアとの戦で戦死したことになっているので、ウェントワース兵たちにとっては、ダーナこそが新たな総司令官となったのだった。

「ダーナ様！　お館様がお越しになりましたが、どうしましょうか」

「どうしましょうって？」

「だいぶカンカン、というか、かなり烈《はげ》しい剣幕でいらっしゃるので、ダーナ様にはお引き合わせしないほうがいいかなって」

「フロ。わたしは大丈夫。会うよ。母上をここへ」

ダーナの大ファンであるそばかすの少年兵フロは、今では気象予報兵として、戦《いくさ》のときには必ずダーナのそばに付き添うようになっている。

レドワルドの代理で戦を指揮していたときに、気象が戦にもたらす影響をフロに計算してもらって兵を動かしてみたら、それが当たって大勝利したのがきっかけだったが、活発で賢いフロは、スキンヘッドの護衛兵と共に、今ではダーナの良いアドバイザーでもあった。

「ダーナ！　おまえはまた、女の身でこのような！」

怒りで真っ赤になったベルガが、護衛を引き連れ、ダーナの前にやってくる。

「何を考えておるのじゃ！　誰がこれほどの兵を率《ひき》いてよいと言うた！　しかも、今夜はイングランド王がやって来るという大事なときに…！」

「お母様」

もはや母ではないと知っていたが、ダーナはベルガへ敬意を払うのはやめなかった。

他人ではなくて、自分が変わればいいと決めたからだ。

だが、実際にこうして烈しく憤《いきどお》るベルガを前にすると、弱虫だったかつての自分がつい顔を覗かせそうになる。

今すぐにも逃げ出したくなる自分を抑えるため、ダーナは両手のこぶしを爪が食い込むほど握りしめなければならなかった。

「わたしたちは、ブリンモアと馴《な》れ合うなど、ごめんです」

「な、なんじゃと？」

これまで見たこともないほど堂々と言い返してきた娘の態度に、ベルガが一瞬気圧《けお》される。

「お家騒動の続くブリンモアと手を結ぶなど、おやめください。今の我々の軍勢なら、戦ってブリンモアの領土を手に入れることができます」

「何を言うのじゃ！　この身の程知らずめが！　おまえなどに、栄えあるウェントワース軍を動かせるはずがなかろう…！」

恐ろしい勢いでベルガに怒鳴られ、ダーナはびくっと身体《からだ》をすくめてしまう。

こわい。

でも、こわくない。

護衛兵のひとりが教えてくれた、戦における恐怖心を克服する方法。

恐ろしいと思ったら、自分は真反対のことを考えるんです、ダーナ様。

ぜんぜん恐ろしくない、ピンクのうさぎとか。

お母様はピンクのうさぎ。

「そっ、そうでもないですよ、お母様。みな、わたしに協力してくれますから」

言えた。声は少々ひっくり返ったが。

初めて、ベルガに逆らう言葉を口にできた。

「ひとりでは何もできなくとも、これだけの優秀な人間が集まって協力し合えば、何ごとかは成し遂《と》げることができるはずです」

かつてレドワルドが言っていた言葉を思い出しながら、必死で自分を保つ。

兄はいまだ寝台に横たわったまま、目を覚まさない。

だが、ダーナはそうして眠る寝台の兄に話すことで、自分の考えを大胆に展開させてきた。

ふたりで考え抜いた計画は、すでに動き出している。

今ここで引き下がるわけにはいかない。

「生意気な小娘が……！　わたくしに逆らえば、どういうことになるかわかっておろう……！」

「いいえ」

「い、いいえじゃと？」

ダーナごときにきっぱりと反抗されて、ベルガはあまりのことに口をぱくぱくさせる。

「レド亡き今、ウェントワース軍の総司令官はわたしです。わたしはどなたの命令も受けるわけにはいきません。ウェントワース兵のみんなが期待していることを実現するのが、わたしの役目ですから」

ダーナは恐ろしさに卒倒しそうな気分を味わいつつも、はっきりと伝えた。

「この人たちは全員、自分自身の守るべき人たちのために戦おうとしているのです。命令を守るためではありません。そしてわたしは、自分のために戦う兵士を求めます。彼らこそ真の兵士だと思うからです」

ダーナを囲んだ兵士たちが、じっと自分たちの総司令官の言葉に耳を傾けている。

彼らの力を感じ取り、ダーナの声は次第に落ち着きを取り戻して柔らかくなってゆく。

「わたしの役目は、真の兵士たちを正しい戦へ導き、正しい結果を招くこと。つまりは、安心して暮らせるように、みんなのおうちを守ること。わたしは、ウェントワースのみんなの役に立ちたいんです」

ダーナの言葉はウェントワース兵の魂に染み入ってゆく。

ダーナは兵士たちの歓声を浴びた。

彼らはまた、ベルガとその護衛たちに出て行けコールを始めたりもした。

ダーナは思った。

こんな恐ろしい人の前でも、わたしはもう大丈夫みたいだ。

なんにもこわくない？

それってすごすぎ。

いったい何がこんなにわたしを変えたんだろう…？

ダーナはそして、真っ赤になっているベルガに向かって、はっきりと言いきった。

「あなたがたギラントの一族が、わたしから今の立場を奪おうとすれば、彼らが黙っていません。わたしを襲う者はウェントワース軍を相手にすることになりますよ」

「こ、この、」

わなわなと唇をふるわせるベルガを、今は、なんだか冷静に見つめることができる。

ダーナはドキドキしてきた。

そして、ドキドキしながらも、自分の役目とか役割とかいうものを、しっかりと考える。

今夜の作戦は、タイミングがすべてだ。タイミングが物を言う。

一か八かの大勝負に、ウェントワースとブリンモアの未来もかかっている。

周囲に集《つど》っている兵士たちに静かな目を向けながら、ダーナはベルガに告げた。

「ブリンモアとの戦は、わたしたちに任せてもらいます。どうか、お引き取りを」

6

同日、黄昏へ向かう時刻。

ブリンモア城、バルコニー。


「ダーナ……」

ブリンモア城・領主の間のバルコニーから、シーシュモスの森を眺める。

赤い夕陽が恐ろしいほど華やかに燃えて、森の向こうに沈もうとしている。

グリフィスは小さく舌打ちしてつぶやいた。

「なぜダーナがウェントワース軍を率《ひき》いているんだ？　領主の代理は終わったんじゃなかったのか。ウェントワースの領主は戦列に戻ったと聞いたぞ」

「え、あれ、ダーナ様ですか？」

主人についてバルコニーに出てきた従者エゼルスタンが、目を凝《こ》らして森の中央付近をじいっと見つめる。

「だんな様、よくわかりますね。僕にはわかんないな〜」

「あら、ダーナさん？　エゼルスタンのお姉様といううわさのあの方？」

「あ、オリヴィア様」

エゼルスタンがふつうに振り返り、グリフィスが目を剝《む》く。

いったいいつの間にやってきていたのか、バルコニーに顔を出してきたのは、グリフィスの母親オリヴィアだった。

「そうらしいです。でも、この距離じゃ、ふつーわかんないですよねー」

「そうですね。ウェントワース軍らしいというのはわたくしにもわかりますけどね。あちらはすごい数なのではありませんか？」

「ええ。松明《たいまつ》が多すぎて、なんだかもう真昼みたいですよね。ふつー、夜間に戦《いくさ》を始めたりはしないものなんですが、あれは、ウェントワースも本気かなあ」

「戦になるのですか？　おそろしいこと」

「大丈夫です。ブリンモア軍の大将は強いですから！」

「エゼルスタン」

グリフィスが従者の名を呼ぶ。

グリフィスは森から目を離し、親しげに会話するふたりを苦々しげに見やって訊いた。

「そもそも、おまえはなぜその女を知っている？」

「わたくしがエゼルスタンを雇っているのです」

エゼルスタンに投げかけたはずの問いは、母オリヴィアに横取りされてしまう。

そして彼女は、あいかわらずの穏やかな声で言った。

「エゼルスタンにはずっと、あなたの様子を報告してもらっておりました」

「…なんだって？」

「息子の様子を気に掛けてはいけませんか？」

「あ、あなたは…」

何がどうなっているのかわからず、だが聞き返すような真似《まね》をするにはまだ抵抗があって、グリフィスは絶句するほかない。

「エゼルスタン」

話題を母親から従者のほうへ無理やり引き戻す。

「ダーナがおまえのお姉様というのは、いったい何の冗談だ？」

母親の軽口を腹立たしく思いながら訊いたグリフィスだったが。

「冗談とかじゃないですよ。どうやら、ダーナさんて、うちの母の子どものようなんです」

「何だと？　馬鹿を言うな。そんなことがあるわけないだろう？」

からかっているのかと眉《まゆ》をひそめる。

が、エゼルスタンはいたって本気でうなずきながら言った。

「や、それがあっちゃったんですよね。うちの母は昔、ウェントワースに住んでいて、そのとき、ウェントワースの未来の領主との間に子ども作っちゃったみたいで」

「しかし、ダーナは双子だぞ？」

「ええ、知ってます。だからつまり、僕にはいっぺんに姉と兄貴ができちゃうみたいで」

にこにこと返してくる従者に嘘は発見できず、グリフィスはふたたび絶句させられる。

そのとき、目の端に森で動くものを感知して、グリフィスは眉をひそめた。

「誰が兵を進めろと言った？　もう陽が落ちるぞ」

「ああ、あれならわかります。あれは、オッファ様の兵ですよ。あのチュニックの下品な模様には見覚えがあります」

「くそ。勝手な真似を」

「どうなさいますか？　今のところ、ウェントワース軍に動きはありませんが、オッファ様に刺激されたらどうなるかわかんないですよね」

グリフィスはすっかり酔いの醒めた鋭い眼で周囲を見渡す。

太陽は世界に別れを告げ、はるか向こうの稜線《りょうせん》がオレンジ色の輝線となって何かの予兆のように煌《きら》びやかに輝いていた。

世界は丸い盆のような形になり、グリフィスの目の前に広がっている。

蒼ざめた夜の帳《とばり》が、ゆっくりとグリフィスの世界を覆《おお》ってゆこうとしている。

グリフィスは魅入《みい》られたようにシーシュモスの森と空と広がる風景を見つめた。

あの帳の下にダーナがいる。

どうしてわかるのだろう？

彼女は生きて、生命体としての生々しい熱を発している。

グリフィスを滅ぼそうと、宿敵ウェントワースの全軍を率《ひき》いて、あの赤いまなざしを向けて運命の風に銀色の髪をたなびかせて待っている。

今のグリフィスには、ダーナの呼吸音さえ感じられるようだった。

まるで世界にはダーナとグリフィスのふたりだけしかいないかのように、彼らは一対一で向き合って立っていた。

黄昏《たそがれ》がやってくる。

闇を愛するシーシュモスの野獣が現れる時間。魔法の夜の始まりだ。

と、そのとき、闇を切るようにして向かってくるものがいた。

「わっ！　なんだ？」

あまりのスピードで目の前を横切られて、エゼルスタンが腰に手を当てる。が。

「剣は必要ない。鷹だ」

一羽の鷹が、その真っ白な体躯《たいく》をアピールするかのように両羽を振り上げ、バルコニーの手すりの上へと舞い降りる。

グリフィスにはリリイだとすぐにわかった。

グリフィスは反射的に彼女の足首に注目する。

教会にやってきたときのことを思い出したのだ。

案の定、リリイの足首には見覚えのある筒型の足輪がついていた。

グリフィスは黙ってリリイを撫でてやり、足輪の筒から小さな布切れを取り出す。

そうして燭台《しょくだい》の下へとその布切れを移動させると、内容を読み取り始めた。

「な、なんですか？　なんて書いてあるんです？」

好奇心旺盛《おうせい》な従者が背後から覗き込み、わくわく感を隠せない声で訊いてくる。

主人がこの美しい白鷹を前にすると、これまで見たこともないようなやさしい表情を見せるのも気になった。

が、グリフィスは読み終わるとさっさと布切れを蠟燭《ろうそく》の炎に投じてしまい、エゼルスタンをひたすら残念がらせてしまう。

「え～？　ちょっとぐらい見せてくれたっていいのに」

白鷹リリイが役目を終えたとばかりに黄昏の空へと飛び立ってゆく。

グリフィスは振り返り、まだぶつぶつ言っている美貌《びぼう》の従者の頭をはたいて命令した。

「全軍に準備を整えさせろ。出陣する！」

7

同日、黄昏の時刻。

シーシュモスの森の中央。


「あんたがダ、ダ、ダーナか？　ひどい格好だな」

どこか甲高《かんだか》い男の声には、あからさまな嫌悪感がにじみ出していた。

頭のてっぺんから爪先《つまさき》まで、思いきりじろじろと眺め回されて、ダーナはぞっと背筋をふるわせる。

けっこうな数のブリンモア兵に囲まれていきなりやってきた男は、ヴォローダンのオッファと名乗った。

不意に陣地に踏み込んできたブリンモア兵らに、ウェントワース兵たちもいきり立ったが、ダーナにそのまま待機しているよう頼まれて、なんとか一触即発の事態を回避したところだ。

「どのようなご用事でしょうか、オ、オッファ様」

あちこちで焚《た》かれている篝火《かがりび》の明かりが、オレンジ色の髪に生白い肌をしたオッファの童顔を、ぎらぎらと不気味に照らし出している。しかも、その男は単独《ひとり》ではなかった。

「おやまぁ、用事じゃと？　婚約者どのを前にして、無礼な言い方もあったものよのう」

聞き慣れすぎて、いつもびくっと一瞬おびえてしまう女性の声――――森の暗がりから現れたベルガである。さらにもう一人。

屈強な体軀《たいく》の男たちで固めた私設部隊と共に、瘦《や》せぎすの男が馬に乗って現れる。

ギラントの一族の長ブルグレッドであった。

ベルガは先刻、ダーナに逆らわれたことを恨んで、凄《すご》みを帯びた恐ろしい眼を向けてきている。一方、瘦せぎすのブルグレッドは薄笑いを浮かべて、ダーナと背後に居並ぶウェントワース兵たちに奇妙な凄みをきかせている。

「わ、わたしは、婚約などした覚えは……」

ひるんでしまったダーナは、ぶつぶつと口の中でつぶやいてしまう。

ダーナの背後にいる圧倒的な数のウェントワース兵に、やや気後《きおく》れした様子をみせていたオッファだが、そうして相手が弱みを見せたと知ると、たちまち勢いを取り戻した。

「ハッ、選べる立場か？　そのような貧相な身体《からだ》に薄気味の悪い銀髪では、もらい手もなかろうに？」

オッファがそう言いながらずかずかとやってきて、ダーナのあごにぐいと手をかける。

「生意気なことを言い続けると、結婚の床で後悔することになるぞ」

脅《おど》すようなその口調と、結婚という言葉に、ウェントワース兵の間にどよめきが起こる。

ダーナはすっかり威圧されそうになって唇を噛《か》んだ。が、オッファの背後で、少年兵フロが怒りに顔を真っ赤にしている様子がちらりと目に入って、すぐさま立ち直る。

自分の態度如何《いかん》では暴動が起こる。

今の自分は、ただのダーナではなく、ウェントワースの総司令官ダーナなのだ。

ダーナは屈辱《くつじょく》に歯を食いしばりながら、どうにか落ち着いた声を出した。

「ここはウェントワースの陣地です。わたしは今、ウェントワースのみんなの代表としてここにいます。どうか、お言葉にはお気をつけください」

「ふん。女のくせにあきれたもんだな。代表というなら、俺と交渉してもらおうか？　この俺こそがブリンモアの代表だ。ハハッ、あんたはブリンモアの土地と引き換えに俺に買われることになっている。わざわざ迎えに来てやった新しいだんな様に、早くひれ伏したらどうだ？」

「！」

これにはその場の空気が凍りついた。

ダーナの背後で、ウェントワース兵たちがザッと剣を抜く音が響く。

「だ…っ、だめだよ…！」

オッファは卑劣《ひれつ》な裏切り者だが、ブリンモアの領主の従弟《いとこ》で貴族だ。

ここで斬《き》れば、開戦の口実を与えることになってしまう。

それはだめ。ぜったいにだめ。

今夜の兵たちは戦うためにここにいるのではないのだから。

「なんだ？　おい。俺に近寄るな」

じりじりと包囲網《ほういもう》を狭めるウェントワース兵たちに、鈍感なオッファもさすがに気づいて剣の柄に手をかける。自分たちの総司令官を侮辱《ぶじょく》され、ウェントワースの兵士たちの間に怒りの波動が拡がろうとしかけた、そのときだった。

「うわっ！」

上空から凄まじい勢いで急降下してきたものに襲われて、オッファがその場にぶざまに転び倒れる。そのまま羽を広げてさらにつつく攻撃を続ける生き物に、ダーナは目を瞠《みは》った。

「リリイ……！」

白鷹リリイだった。

予想外の攻撃に遭《あ》って、オッファはひいひい悲鳴をあげながら逃げ惑う。と。

「ダーナ様！　大変です！　あちらをご覧ください！」

気象予報兵のフロが森を指さし、ダーナの視線もつられて動く。

ふいにシーシュモスの森の一角が赤く染まった。

ザッ、ザッという土を擦る足音が、何重にもなって天地に轟《とどろ》く。

その様子はまるで、黄昏《たそがれ》の大地を蹴《け》る野獣が、何匹も同時に咆吼《ほうこう》しているかのようだった。

そして、ダーナは見た。

ウェントワース兵たちの陣とは正反対の木立の前に、まさにウェントワースと相対するようにして、ブリンモアの大軍団がずらりと整列する様を。

「ひれ伏すのはおまえだ、オッファ！　ブリンモアの代表はここにいる…！」

朗々と響き渡る男性の声。

一頭の巨大な黒馬が、居並ぶブリンモア兵の馬の間からのそりと進み出てくる。

見つめたダーナは息をのんだ。

あまりにも美しい黒馬の背後に、今、まさに満月が昇ってきたのだ。

巨大な赤い月を背景に、馬上の男の軌跡が光り輝く。

それはすべてが計算し尽くされたかのような、ブリンモアの総司令官登場の場面だった。

「俺はグリフィス・ユリス・ブリンモア！　いまだブリンモアの民を統べる領主が、宿敵ウェントワースの領主に警告に来た！」

ブリンモアの大軍とウェントワースの大軍が、大きな河ほどの森の広場をはさんで、真っ向から対峙《たいじ》している。

ダーナはレドワルドの白馬にまたがった。

「ダーナ様？　おひとりでは危険です！」

前へと出ようとしたダーナを、スキンヘッドの護衛が止める。

だが、馬上のダーナは首を横に振って言った。

「ブリンモアの領主と話をつける。全軍、待機！」


満月が、ふたりの上に光を降り注ぐ。

ウェントワースとブリンモアの兵士たちが固唾《かたず》を呑《の》んで遠くから見守る中、それぞれの総司令官が、草地の中央へ馬を向かわせ、真正面で向き合う。

篝火《かがりび》をはさみ、黒い山のごとき黒馬と対峙《たいじ》して、レドワルドの白馬が興奮して高く嘶《いなな》いた。

「どうっ」

白馬を落ち着かせ、ダーナはやっと逢《あ》えた恋人を見上げる。

山のような馬に乗ったその男は、自分も山のように大きいのだった。

白鷹リリイが自信にあふれた様子で羽ばたき、彼の逞《たくま》しい肩を自分の居場所にしている。

この世でもっとも白き鷹を随《したが》えた仮面の男に見下ろされて、ダーナは全身に鳥肌が立つような感覚を味わった。

めまいがしそうだ。

この人に、どれほど逢いたかったことか。

わたしの敵。

わたしの、運命の恋人――――。

「開戦を宣言するのは、どちらだ?」

感情の混じらない乾いた声に、ダーナがびくっと肩をふるわせる。

そうだ。今はもう、彼は恋人ではないのだった。

しっかりしないと。

今のわたしは、ただのダーナじゃなくて、ウェントワースのダーナだ。

ダーナはふっと鋭く息を吐き、自分を取り戻してから、言った。

「開戦はしない」

「しない?　では、この大軍は何のつもりだ?」

「国王陛下をお守りするためだよ」

「国王?　イングランド王ウィリアムか」

それだけで、グリフィスには思い当たる節があったらしい。彼は言った。

「ギラントの一族が動いたんだな?」

「そうだよ。わかるの?」

「ギラントの一族が大いなる野望をもって動いていることは、間諜たちも知らせてきていた」

「さすがだね。でも、国王陛下は危険をご存知なくて、今夜、ウェントワース城にお立ち寄りになる予定なの。お母様たちは国王陛下を毒殺するって言ってた。それを止めたい」

短い沈黙。篝火がパチパチと爆《は》ぜる音がした。

リリイがグリフィスの肩から、鋭い眼で見下ろしてくるのを感じる。

なんだかレドワルドに見られているような、守られているような、奇妙な感覚を覚えながらダーナは言った。

「国王陛下の御一行に危険をお知らせする早馬を出そうとしたけど、お母様たちに見張られていてできなかったの。このままじゃ、お母様たちの思い通りになってしまう」

「陛下を亡き者にして、イングランドを手に入れるつもりか？　ずいぶんと大きく出たな」

「でも、ギラントの一族は本気だよ。今も国王陛下には危険が迫ってる。だから」

ダーナはごくりと唾《つば》を飲み込む。そして、あらためて言った。

「ブリンモアの領主におねがいします。わたしたちは長い間、宿敵同士で、ずっと争いばかりしてきたけど、本来は、共にイングランド王に仕える身。今夜だけは個人的な感情は抜きにして、助け合えないですか」

これが今夜のわたしの賭け。

彼がまだブリンモアの領主で、ブリンモアの民のことを本気で思っているなら、どうか。

「ダーナ」

名前を呼ばれただけなのに、ダーナの肩はびくっとふるえる。

グリフィスの声はこんなにも低くて豊かだっただろうか。

「俺にどうして欲しい？」

「たっ、たすけてほしい」

グリフィスの声に聞き惚《ほ》れていたら、声がひっくり返った。

「ダーナ。それだけではわからない。くわしく言え」

「え」

ダーナが目を丸くしてグリフィスを見つめる。

そうして見つめているうちに、グリフィスの頬が上気したような。気のせい？

ダーナはどきどきしながら言った。

「言って、いいの？」

グリフィスは一瞬絶句し、それから。

「さっさと言え！」


満月は人の心を高ぶらせ、祭りへと導く。

役目を終えた白鷹リリイは、翼を広げて悠然《ゆうぜん》と滑空している。

夜の空は赤々と下界の灯りに照らし出され、リリイの真白き翼も今はうっすらとオレンジ色に染まっていた。

無数に焚かれた篝火が、森の光景をいつもとは違う色彩に変貌《へんぼう》させている。

森のあちこちで歓声が上がったり、騒々しい笑い声や歌声が響き渡ったりしている。

彼女が上空から俯瞰《ふかん》するシーシュモスの森は、今や興奮の坩堝《るつぼ》と化していた。

「グリフィス、すごい！　見て、あそこ！　ブリンモア兵とウェントワース兵が乾杯してる！　みんな、すごく楽しそうだよ！」

ダーナは興奮してグリフィスを振り返る。

ダーナの視線の先には、木の幹にゆったりと寄りかかって、森の広場の様子を眺めている仮面のグリフィスがいた。見つめ返されると、ダーナの頰は熱くなる。

「あの、ありがとう。感謝してるよ。ブリンモアの領主の協力がなかったら、ここまでみんなを仲良くさせられなかったと思う」

「どういたしまして」

そんなふうに穏やかに返されて、ダーナはますますどきどきしてくる。

なのに、グリフィスときたら、さらにダーナをどきどきさせることをした。

物憂《ものう》げに木にもたれたまま、その大きな手をダーナのほうに差し出してきたのだ。

おいで、という合図。恋人同士の。

ダーナの目はまんまるになり、それから。

周りをちらっと確認して、誰も見ていないとわかると、タッと駆け出す。

華奢《きやしゃ》な身体が収まる先は、グリフィスの大きすぎるくらい大きな胸の中。

グリフィスは大きな身体を半分に折ってしまいそうなくらい折り曲げて、ダーナを自分の腕の中に抱きしめる。そうして、またあの低い声でダーナの耳もとにささやいた。

「俺の働きばかりじゃない。正直言って、ウェントワースのダーナが、あそこまで兵士たちに慕《した》われているとは思わなかった。俺が嫉妬《しっと》するほど、やつらはおまえに馴《な》れなれしい」

「え？」

「だから連中は、おまえが提案した一晩だけの祭りに付き合う心づもりになったんだ。おまえの手柄だ、ダーナ。俺のじゃない」

やさしすぎる言葉。信じられなかった。

目頭《めがしら》がぎゅっと熱くなって、まぶたを閉じる。

今、抱きしめてくれているのは、ほんとうに、あの冷たかったグリフィスなの？

「わ、わたしのこと、怒ってないの？」

「怒る？」

「だ、だってわたし、グリフィスとの駆け落ちを放り出して、レドを助けに行っちゃったんだよ。あなたをひとりぼっちにして」

「ダーナ」

ダーナの身体はのけぞるくらいに深く抱かれて、グリフィスの顔が見えなくなる。

「それ以上言うな。恥ずかしいだろう？」

「は、恥ずかしい？」

耳の向こうでささやかれる声は、くすぐったくて、意味がよくわからない。

そうしてグリフィスの首の向こうを見るダーナの目に映るのは、高い森の木々の間の夜空。

満月の明るさに星明かりは消されているけれど、それでも青く煌《きら》めいている。

ぼうっとなって見とれていると、グリフィスの声が心に滑り込んできた。

「ダーナ。おまえは俺をひとりになどしていない。それを、勝手に読み違えたのは俺自身だ」

読み違えた…。　グリフィス……？

「俺の問題だった。俺の、まだ消化できていなかった過去の問題だ」

広場の喧噪《けんそう》はいっそう大きくなってゆく。

それなのに、グリフィスの声だけがはっきりと届く。

なんだか夢をみているかのようだった。

「ダーナ、おまえが悪いんじゃないのに、俺はおまえのせいにして、おまえに八つ当たりしたんだ」

グリフィスがゆっくりとダーナに埋めていた自分の身体を離す。

ふたりの間に柔らかく生まれた円《まる》い空気の中で、彼はじっとダーナの目を見つめて言った。

「許してくれ」

「――――」

もう、がまんできなかった。

こみ上げてきた涙に、打ち負かされる。

愛のすべてに、打ち負かされる。

「グリフィス…」

「許してくれ、ダーナ。おまえを失いたくないんだ。おまえが敵のままでも構わない。自分の愚かさで、おまえまで失ったら、俺は」

グリフィスはそれ以上は言えなかった。

グリフィスの厚い唇はダーナの小さな唇でふさがれてしまったから。

しかも、その後はもう、グリフィスから降らされるキスの嵐で、ふたりとも、何も言えなくなってしまったから。

「ああ、グリフィス、グリフィス…！」

重ね合った唇のすきまから、ダーナは喘《あえ》ぎながらその名前を繰り返した。

「おかえりなさい……！」


そうして、ウェントワースのダーナとブリンモアのグリフィスが、ふたたび固く抱き合い、互いの存在の大切さを確かめ合おうとしたところで。

兵士たちの宴で盛り上がっていた広場の中央で、爆発音のような大きな音がした。

「なっ、何？」

驚いて身を竦《すく》ませたダーナを、グリフィスがほとんど反射的に自分の背にかばう。

「火事？　ううん、あれは…」

グリフィスの腋の下から顔を出したダーナは、騒ぎになっている場所を見て目を瞠った。

「ギラントの大伯父《おおおじ》様と大伯父様の軍隊だ！　お母様もいるよ！　まさか」

「どうやらそのまさかだ。向こうを見ろ。オッファだ。暴動を煽《あお》ろうと森に火をつけている。あの愚か者め。始末しておくべきだったな」

「どうしよう。みんな、ケンカし始めてる！　やだ。剣は出すなってあれほど言ったのに！」

あちこちで、兵士たちの怒号《どごう》と絶叫が交叉《こうさ》し合う。

その場に展開してゆく光景は、まさに悪夢だった。

たった今まで仲良く宴《うたげ》を楽しんでいたブリンモアとウェントワースの兵士たちが、激しい憎しみを掻《か》き立てられ、形相《ぎょうそう》まで変わっているのが、森の端からもはっきりとわかった。

「早く止めなきゃ！」

「待て！　ダーナ！　危険だ！」

「でも、ほうっておけないよ！　今夜みんなを武装させたのはわたしだよ！　このままじゃ、全面戦争になる！」

「ダーナ…！」

馬に飛び乗ろうとして、勢い余って失敗したダーナを、グリフィスの手が受けとめる。

「ごっ、ごめんなさい！」

ダーナはふたたび起き上がろうとしたが、グリフィスがダーナの身体を強く抱きしめて放さない。

「おねがい。行かせて」ダーナは懇願《こんがん》した。

「だめだ」

「わたしのこと、信用して」

「信用はしている！」

「わかった。心配のほうだね」

考えながら、グリフィスの代わりであるかのようにこくこくとうなずく。ダーナはどうにかグリフィスの腕をほどいて向きを変えると、彼の顔をまっすぐに見上げた。

「わたしだってグリフィスのこと、いつも心配だよ。でも、今は行かなきゃ。レドが意識を取り戻してウェントワースの領主に戻るときまで、わたしがレドの代わりなの。レドなら、みんなをあのままにしておいたりしないよ。そうでしょ？」

「ダーナ」

「グリフィス」

ダーナはグリフィスの首に両手をまわしてキスをする。

そうして仮面をそっと撫でながら、仮面の奥の瞳を見つめてささやいた。

「愛してるよ。誰よりもグリフィスが大事なの。ぜったいに無茶はしないって約束する」

「……………くそっ」

これまで誰も、グリフィスの仮面を撫でたりしたことはない。

こんなふうにはっきりと仮面の奥の瞳を見つめながら、甘い愛の言葉をささやいたりした女も、いない。

ダーナだけ。

俺のダーナだけだ。

「おねだりが上手になりすぎだ。あとで覚えていろ」

ぶつぶつと文句を言って凄んでみせはしても、自分がダーナを止めないだろうことは、グリフィスにも、もうわかっていた。

そんなわけで、グリフィスは愛する女に怒鳴るしかなかった。

「わかった。ただし、俺と同じ馬に乗れ！　一緒に行く！」


炎上してゆく木々から、夜空よりも黒い煙がたなびいてゆく。

白鷹リリイは人間たちの喧噪《けんそう》に見切りをつけ、住処《すみか》へ戻ろうと上空で向きを変えた。

と、そのとき、鷹の鋭《いと》い眼は森の始まりの場所に、もうひとつの住処を発見する。

リリイは迷いなく、愛しの住処に向かって急降下し始めた。


ドン…！　ドン！　ドン…！　ドン！　ドコドコドコドコドコ……。

それはまるで、楽しげな道化師の演奏のように聞こえてきた。

シーシュモスの森の中から何種類か重なって、重たく、なかには少しばかりユーモラスに揺れながら響く小太鼓《ドラム》の音が、夜風に乗ってかすかに聞こえてくる。

「この合図は…」

その場に居合わせていた全員の間に、一気に緊張が走った。

ダーナもまた、シーシュモスの森のほうを見つめて茫然《ぼうぜん》とつぶやく。

「国王陛下だ…！」

「ああ、そのようだな」

「でも、今、ここ、ぐっちゃぐちゃだよ。どうしよう」

「まぁ、しかたがないな」

「しかたがないって…」

グリフィスの口から思いのほか適当なせりふが飛び出してきて、ダーナが目を丸くする。

「陛下は戦場には慣れておられるよ」

グリフィスがそう言って、ダーナを安心させるようにぽんと頭を撫《な》でてきた。

それだけで、すうっと落ち着いてしまった自分がいて、ダーナはちょっと驚く。

そして。

ダーナの危惧《きぐ》は外れ、戦場は水を打ったように鎮《しず》まった。

イングランド国王ウィリアムの豪華な装いの御一行が、木々の間から現れる。

あまりに豪華にはためく国王旗のまわりを白鷹が楽しげに舞っていたせいと、篝火と炎とで周囲が明るすぎたせいとで、国王の登場は誰も無視できなかったのだ。


「こちらのほうが妙に明るかったので、ウェントワース城へ立ち寄る前に来てみたぞ」

国王陛下はまた、ダーナがびっくりするほど大きな身体をした御方だった。

こうしてグリフィスと並ぶと、どちらが大きいのかわからないくらいだ。

つまり、相当、おっきい。

だが、なぜかダーナは国王陛下の御顔に親しみを覚えた。

どこかで見たことがあるような気さえしてしまったが、むろん、そんなはずはなかった。

ダーナはウェントワースを出たことは、ほとんどないのだから。

「両軍、ずいぶんと精が出るな。陽が落ちてまで戦《いくさ》をするつもりであるか？」

男らしい黒髪と口髭《くちひげ》、やさしく月の光を吸い込んで煌《きら》めく水色の瞳。

国王ウィリアムの口調は、まるでその場のすべての人々をからかうかのようだった。

この人はすごい人だ。

ダーナの直感がそう告げてくる。

荒れ果てた大地にも、黒煙を上げる木々にも、戦いに明け暮れた泥だらけの顔をした戦士たちにも、まったく動じる様子がない。

グリフィスの言ったとおりだった。イングランドの国王陛下は戦場に慣れておられるのだ。

「あ、あのっ」

突然口火を切ったダーナに、周囲の視線がバッと集まる。

次の瞬間には卒倒するのではないかと思えるくらい緊張しながら、ダーナが続けた。

「これは戦ではないんです。篝火《かがりび》を焚《た》くために、両軍を配備しました」

「なんと、火を?」

「はい。国王陛下にお気づきいただけるよう、シーシュモスの森を明るくしたかったのです」

むろん、それだけではなかったが、母ベルガたちの悪だくみについて国王陛下にお知らせしようとは思わなかった。陛下の御心を煩《わずら》わせるだけだと思ったのだ。

「つまりそれは、歓迎のしるしかな?」

「は…」

はいと答えようとしたときだった。

「まあ! 国王陛下ではありませぬか! そ、その娘に近づいては危険じゃ…!」

金切り声をあげながら、近づいてくる女性がいる。

ベルガであった。伯父ブルグレッドの姿もある。

ダーナは自分の腕がグリフィスの手にぐっと握られるのを感じた。

グリフィスは野生の獣のように警戒している。

「危険とは?」

「ああ、陛下。お気をつけくださいまし! その娘は大嘘つきの裏切り者なのじゃ。わたくしどもが陛下をお迎えすべくウェントワース城の準備を整えているのを知りながら、ブリンモアに寝返り、陛下を亡き者にせんとばかりに、こうして森を燃やしておったのじゃ……!」

「お母様! そんな……!」

ダーナはあぜんとしてベルガを見上げた。

自分たちの罪をすべてダーナに着せるつもりなのだ。

これには、グリフィスも気色《けしき》ばんだ。

「馬鹿なことを! 国王陛下を亡き者にする計画を立てていたのはおまえたちだろう! ダーナから聞いてるぞ! 娘に、これまでの虐待だけでは飽き足らず、この上さらに自分たちの罪をなすりつける気か!」

大地を揺るがすかのようなグリフィスの怒りの声に、ダーナは救われる。

ダーナ自身も弁解しなければならないのはわかっている。だが、これまで母と呼んできた人にそこまで憎まれていたことがショックで、ダーナはすぐには反論できなかったのだ。

と、その隙に、横から大伯父ブルグレッドが口をはさんできた。

「いやいや、愚かなことを言うておられるのは、ブリンモアのご領主グリフィスどののほうですぞ。まったくこのようなことを陛下に申し上げるのは本意ではありませんが、グリフィスどのは、うちの娘をたぶらかし、ウェントワースを裏切らせた張本人なのですよ。ご覧なさい、あのように腕を回して、うちの若いダーナをまるで愛人扱いしております」

「――――！」

いけない。グリフィスにまで迷惑がかかる……！

ダーナはビクッとふるえて、グリフィスから離れようとする。

しかし、グリフィスは逆にダーナを引き寄せ、自分の腕の中に閉じ込めてしまった。

「王座を狙う野心家のギラントの長ブルグレッド。おまえの噂は聞いている。自分の罪をそのまま、いとけない娘になすりつけようとは、聞きしに勝る腰抜けのようだな」

「ハ。シーシュモスの野獣に何を言われようと、痛くもかゆくもないぞ」

「そのとおりじゃ。国王陛下、ブリンモアのグリフィスの暴君ぶりはここにいる者たちも承知の話」

「グリフィスは暴君なんかじゃありません！」

グリフィスのことを悪し様に言われると、バッと言い返す勇気がわき起こってしまう。

「いつもほんとにブリンモアの人たちのことを考えているんです！　わかりにくいかもしれないけど、ほんとなんです！　陛下！　陛下！」

「お黙り！」

だが、ダーナの発言はベルガをさらに憤《いきどお》らせただけだった。

「そこの娘はその野獣に色目を使って、わたくしたちを陥れようとしたのじゃ！」

「そんな…っ」

「いえ、思い違いですよ、母上。ダーナはウェントワースの領主の命令で動いてくれていただけなんですから」

ダーナたちの背後から、静かな声が響いてくる。

ダーナは前を向いたまま、その場に凍りついた。

「見苦しいですよ、母上。ギラント一族の陰謀はすでに暴かれています。ウェントワース城で国王陛下を毒殺するための用意をしていた者たちは捕縛しました。陛下にはぜひ、その者たちの話をお聞きいただきましょう」

振り向いた人々は、そこに、グリフィスの母親オリヴィアと従者エゼルスタン、そしてもう一人――ダーナによく似たプラツィナ・ブロンドの若者の姿を見つける。

彼のことは、グリフィスにはすぐにわかった。その肩に白鷹リリイを随《したが》えていたからだ。

「レ、レドワルド？　そ、そなた、生きておったのか…！」

「ええ、おかげさまで。母上のご命令ではないと信じていますが、ギラントの一族が雇った暗殺者に矢を射られ、崖から突き落とされたにしては元気です」

「ああ、レド……！」

ダーナがグリフィスの腕の中から飛び出し、兄に抱きつく。

「目覚めたんだね！　よかった……！」

「ああ、おまえの看病のおかげだよ、ダーナ、俺の雛芥子《ポピー》」

金髪のレドワルドは同じく金髪のエゼルスタンに支えられながら、妹をやさしく抱擁《ほうよう》した。

しばし兄妹の再会の様子を寛容に見守っていたグリフィスだが、抱擁の長さが度を過ごしたと判断した時点で、寛容の心は手放したようだ。

グリフィスはそっとダーナを兄の手から取り戻して言った。

「レドワルドか。ウェントワースの領主だな」

「そうだ。妹が世話になったようだな、ブリンモアの領主グリフィス」

ふたりは鋭く視線を交わす。リリイがくうと啼《な》く。

ダーナがなんとなく不安げな顔で、グリフィスに身をすり寄せた。そのとき。

「謀反人《むほんにん》どもが逃げるぞ！　追え！」

もはやこれまでと断念したブルグレッドとベルガ、そして彼らについてきていたギラントの貴族たちが森の中へと散りぢりに逃げ出す。

そして、逃げ出したことこそ、イングランド国王ウィリアムへの明白な裏切りの証拠となった――。

「もしや、朕《ちん》に森へ寄るよう、心打つ言葉を連ねた便りを届けてくれたのはそなたかな？」

一刻後。ダーナは国王陛下に親しげな言葉をかけられ、顔も上げることができないほど緊張していた。

「は、はい。陛下。ウェントワースの領主レドワルドの妹、ダーナと申します」

「ふむ。ダーナ。良き名である。その上賢いとは。この場から逃げたギラント一族の長ブルグレッドとその姪《めい》ベルガには、逮捕状を出した。捕まるのも時の問題であろう」

そのとき伝令が駆け寄ってきて、国王の耳に何ごとかをささやく。国王は顔を上げた。

「どうやらベルガのほうは我が親衛隊が追いついて捕らえたようだ。オッファとかいう裏切り者も共に捕らえたぞ。しぶときブルグレッドは逃げのびたようだが、じきに捕らえられよう。愛らしいウェントワースの娘御よ。もはや何の心配もいらぬぞ」

ごく間近でウィリアム国王陛下にやさしく微笑《ほほえ》みかけられて、ダーナはまるで父親に守られているかのような安心感を覚えてしまう。ふしぎだった。

どうしてこの高貴な方の微笑みを、こんなにもなつかしく感じるのだろう？

「陛下。ひとことよろしいでしょうか」

「おお、ブリンモアのグリフィスか」

国王の御目がふいに和らぐ。どういうわけか、陛下の御声の端がふるえておられるようにも感じてしまったダーナだが、それは自分が緊張しているせいだろうと思った。

「苦しゅうない。何でも申してみよ」

「はい。ダーナは今宵《こよい》、大がかりな篝火《かがりび》を焚《た》きました。我がブリンモア領とウェントワース領の間に横たわるシーシュモスの森は、かように夜でもまったくの闇ではなく、人が歌い集うこともできる森で、恐ろしいところではないと陛下におわかりいただきたかったのも真実です」

グリフィスは常になく饒舌《じょうぜつ》に語り、ダーナのことをかばうように陛下に説明してくれる。

ダーナは思わず目をぱちぱちして、すぐそばにいてくれるグリフィスを見つめてしまう。

仮面の向こうの瞳が、きらりと水色に透きとおったのが、こんな暗がりでも見えたような。

「つまり、この大がかりで煌《きら》びやかな布陣は、仲直りのための布陣でもあるということか？」

国王ウィリアムがにこやかに、とても嬉しげに訊いてくる。

グリフィスは力強くうなずいた。

「仰るとおりです、陛下。ウェントワースとの長年の確執を、陛下が望まれておられたように取り除くことこそ、ブリンモアの領主としての私の役目かと思いました。そして今宵、ウェントワースとブリンモアは、国王陛下の御前でさらにたしかな契約を結ぶことになるでしょう」

そう語ったグリフィスが不意に自分のほうを向き、ダーナの心臓がどきんと跳ね上がる。

グリフィス？　まさか…。

そして、グリフィスはまさに国王陛下の面前で、ダーナを立たせ、その前に騎士の態度で膝をついた。

ダーナは茫然自失で、両手を口に当てるほかなく。

「今宵、グリフィス・ユリス・ブリンモアが、ダーナ・ヴァル・ウェントワースに妻問《つまど》いをする。最愛のダーナ、あなたを俺の妻に迎えたい」

「……グリフィス…」

レドワルドが肩をすくめているのが目の端に見える。

どうしようもなく涙があふれてきて、止めようがなくなった。

つい先刻まで激しい戦闘を繰り広げていた両軍の兵士たちが、歓喜の響《どよ》めきをあげる。

ダーナは差し出されたグリフィスの手を取り、イエスと返事をしようとした。そのとき。

「死ね！　グリフィ――――ス！」

凄まじい憎悪を込めた絶叫が、闇をつんざく。

逃げ落ちたはずのギラント一族の長ブルグレッドだった。逆恨みの矢が宙を切る。

国王軍の矢がいっせいに謀反人に向けて放たれた。

ブルグレッドは倒れたが、事切れる前に放った矢が宙を駆け抜け、標を目指す。

ダーナの前から、差し出されていたはずのグリフィスの手が消える。

ダーナは、何が起こったのかわからなかった。

目の前にグリフィスが倒れている。最初、それだけがダーナの赤い瞳に映った。

「グリフィス…？」

ダーナの唇がふるえる。グリフィスは横倒れになったまま、まるで動かないように見えた。

「グリフィス…！　いやっ！　いやだ！　しっかりして…！」

だが、そうして駆け寄ってすがりついたダーナの腕の中で、グリフィスがうめきながら身体を起こす。

「グリフィス？　だ、大丈夫なの？」

「ああ、俺はなんともない。押されて倒れただけだ。だが」

あらためて、全員がその男を目にすることになる。

「え？　まさか、父上…？」

自分の前に倒れ伏している男の姿に、グリフィスが目を疑う。あの父が自分をかばった？

そのとき、エゼルスタンと並んでいたグリフィスの母親オリヴィアが、列から飛び出してきた。

「リチャード！　あなた…！」

それは、グリフィスの父であり、かつてオリヴィアの夫だった男リチャードだった。

リチャードは息子とかつての妻に支えられ、最期の告白をする。

「ああ、グリフィス。助かったか。これですべての罪を帳消しにできるとは思わないが、かつてわしが顔を焼いた国王陛下の息子に対する礼は尽くした。愛せなかった息子よ」

国王陛下の息子？

まさか、グリフィスが？

ダーナもグリフィスも、それこそ周囲に居合わせた者たち全員が茫然としたが、見つめられたウィリアム国王陛下はそれを否定しようとはしていなかった。

つまり、それこそが真実ということ。

「ああ、オリヴィア。愛するおまえ」

ブリンモアの前領主リチャードは、虫の息の中でかつての妻にどうしても伝えたかったことをようやく口にする。そのために命を賭《と》したのだから、今、言わねばならなかった。

「みずからおまえを国王に差し出しておきながら、その事実に耐えかねて、おまえを城から追い出した。ずっとすまないと思って、思い続けるのに疲れて、生きているのが嫌になったよ」

「リチャード…あなたは変わってしまった。でも、愛していたことはあったのよ」

「ありがとう。これで、やっと死ねる」

男は謝罪し、事切れる。

グリフィスの母オリヴィアが、静かな涙を流してかつての夫を見送った。

「グリフィス」

胸がいっぱいになりながら、立ち尽くしているグリフィスの背中にそっと寄り添う。

グリフィスが振り返り、ダーナの手をぐっと握った。

「そう。これがわたくしがずっと抱えてきた秘密です」

グリフィスの母親が、一つの終わった人生の前に膝をついてつぶやく。

「わたくしはかつて夫によって国王陛下のもとに差し出され、そこで陛下と愛し合い、あなたを産んだのです。でも、夫はあとになってあなたを憎むようになった。あなたの顔に消せない痣《あざ》をつけられたとき、わたくしは城を去る決心をしたのです」

オリヴィアはゆっくりと立ち上がり、そして、グリフィスとダーナに向き直った。

「積もる長い話はあとにしましょう。グリフィス、ダーナ、あなたがたには陛下がお越しになっている間に、大事な許可を得る必要がおありでしょう？」

「大事な許可？」

思わず聞き返したダーナに、直接答えてきたのは、なんと国王ウィリアム陛下だった。

「二大両家の婚姻となれば、国王の許可が必要であるぞ」

ぽかんとしたダーナに、グリフィスが見たこともないほど満ちたりた微笑《ほほえ》みを向ける。

国王陛下は今や、ふたりに語りかけていた。

「同時に、両親の許可も必要であろう。与えるぞ。朕《ちん》は寛大である――」

エピローグ

グリフィス・ユリス・ブリンモアに、大いなる変化の日々が訪れる。

彼が変貌《へんぼう》してゆく様は、まるで一枚皮を脱ぎ捨てるかのごとくに鮮やかで、華やかだった。

ブリンモアの領主グリフィスの変化は、身近にいる人々だけではなく、ブリンモア城に勤める人々すべて、ブリンモア城下に住む人々、及び、ブリンモアの民のすべてが感じるところとなる。

そしてもう一人。まもなく花嫁になろうという赤い瞳の少女、ダーナ・ヴァル・ウェントワースもまた、自分の内なる変化に驚かされる日々を送りつつあった――。


「ダーナ姉様、こちらのタイルのほうが色的に良くないですか？」

「そうだね。こういうやさしい色合いのほうがグリフィスは喜ぶと思うよ」

「ですよね～」

ダーナとレドワルドの弟エゼルスタンは、新たに姉と呼ぶようになったダーナと、ブリンモア城の大規模な模様替えのための資材を選んでいる最中である。

この態度も容貌も煌《きら》びやかな弟が、うきうきした表情を浮かべ、今風のアクセントをつけてしゃべっているのが、ダーナにはおもしろい。そもそも弟という存在が新鮮なのだ。

ブリンモア城下の市場で、タイル職人のテント前に陣取って、エゼルスタンはその美貌をきらきらさせながらタイルの物色をしているのだが、彼は周囲を通り過ぎる少女や妙齢《みょうれい》の女性たちが自分のほうをちらちら見ていることに、まったく気づいていない。

無頓着《むとんちゃく》なのか、慣れているのか。たぶん前者だろう。

弟は、もう少ししたら、無意識の女たらしになるだろうな。レドみたいに。

今現在そう思ったりしていることは、新しく弟と呼ぶようになった美貌の少年には内緒だ。

「それで、結婚式の日取りは決まったんですか？　母がずいぶん気にしてましたけど」

「あ、えっと、おか、お母様にはこのあとお会いすることになってるから、ええと、」

「ダーナ姉様、まだ慣れないんですね。母のこと、お母様って呼ぶの」

敬語を入り混ぜてたどたどしく答えようとする姉を、エゼルスタンがくすくす笑って見おろす。（エゼルスタンはこのところ急に背が伸びて、ダーナは見下ろされる感じだ）

「そんなに抵抗あるものなのかなぁ？」

「そ、そうじゃないよ。抵抗とかじゃなくて、なんかその、恥ずかしくて」

「恥ずかしいって何で？　僕なんか時々ジザベルって名前で呼んじゃうこともありますけど」

「そっ、そんなの、ぜったいむりっ」

本気でぱぁっと頬《ほお》に朱を散らしてしまう姉を、年上なんだろうけど可愛《かわい》い人だなぁ、こういうとこ、だんな様も好きになっちゃったんだろうなあ、などと思ってにこにこ見守ってしまうエゼルスタンである。

レドワルドとダーナの本当の母親が、エゼルスタンの母ジザベルとわかってから、すでにひと月近く。ダーナは自分がどれほど母親という像を求め続けてきたのか、ようやく自覚するようになっている。

ジザベルは自分が育てたくてたまらなかった双子の兄妹に、十七年の月日を経て再会した瞬間、熱い涙をあふれさせた。エゼルスタンはまたしても珍しい母の涙に出くわすことになったが、次の瞬間にはこれまた無敵な母には珍しい、無邪気な笑顔がこぼれ落ちる。

ダーナは生まれて初めて、母親から愛のこもった本心からの抱擁《ほうよう》を受けた。

レドワルドも同様に衝撃を受けたようだが、以来、ジザベルが何かというとそばに置こうとするようになったのは、じきに嫁入りしてしまうダーナのほうだった。

いきなり十七歳に成長して現れた娘に、花嫁修業をさせるのが生き甲斐《がい》になってしまったということもあったが、ジザベルがダーナを気にかけたのは、娘が時々、痛めつけられて臆病になった子犬のような目をすることがあったからだ。

愛に慣れない娘から、ジザベルは日々話を聞き出し、痛ましい過去を吐き出させて、何度も激しく泣かせて自分自身を取り戻させる作業を続けた。

愛を恐れる必要はないし、貴女は愛されるにふさわしい女性なのだと、幾度も彼女の中の葛《かっ》藤《とう》を引き出しては、長い間彼女に与えられることのなかった母の愛で包み込んで言い聞かせ、少しずつ自信をつけさせてゆく。

それは、愛の創生の過程だった。

まもなくダーナにはもうひとり、オリヴィアという義母《はは》もできる。

愛の物語の始まりだ。

「ダーナ……！」

もうひとり。

愛をはぐくむ時間を生きようとしている男が、黒い愛馬に乗って現れる。

彼はもはや仮面を着けてはいなかった。

城下町の人々はほとんどが、痣《あざ》のある領主の顔に慣れてしまったし、領主自身、城に閉じこもったり森を彷徨《さまよ》ったりするより、人々の間で過ごす時間が増えていたせいで、いちいち仮面を着けるのを好まなくなったせいもある。

何より、長年かけられたと思っていた呪いが、彼の魂から完全に消え去っていた。

もっとも、呪いが解けた理由について、ブリンモアの領主が民に説明することはない。

人々はただ、自分たちの領主の変化を受け入れただけである。

それだけで、自然に呪いの噂は消えていったのである。

「ここにいたか！　来い！」

「えっ？　きゃっ！　グリフィス！」

婚約者ダーナの華奢《きやしや》な腰をたやすく抱え上げ、馬上に引っぱり上げてしまう。

仮面を外そうがどうしようが、逞《たくま》しい身体《からだ》を持つ彼が力持ちなのは変わらない。

少しでもくっつくと、すぐさまキスに及んでしまうのも、変わらないといえば変わらない。

グリフィスは大勢の人に見られることに慣れ始めていた。

自分の醜《みにく》さを気にかけていた時間は、城下の人々の暮らしや、農村の人々の暮らしぶりを、実際に行って、自分の目と肌で感じることにあてられた。

そうした人々との接触が、彼らを統《す》べる者としてどれほど大切かを実感する多忙な日々だ。

だが、多忙だからといって、おざなりにしたくないこともある。

「ここにいたか、って、ここには僕もいたんですけどねー」

カッカッと、蹄《ひづめ》の音も高らかに自分の前から駆け去ってゆく二人乗りの黒馬を見送りながら、エゼルスタンはぽりぽりとほっぺたを引っ掻きながらつぶやく。

「考えてみれば、あの二人が結婚すると、グリフィス様は僕の義兄上《あにうえ》ってことになるのか」

国王陛下が今もっとも気にかけておられる息子が、よもや義兄上とは。悪くない。

おこがましくもそんなふうに独りごちて、にやにやと笑うエゼルスタンだった。

「あっ、あっ、ぁっ、ぁっ、ぁっ」

婚約者のほっそりした片脚を逞しい片腕に載せ、掻きまぜるようにして中を突く。

そうしてグリフィスが腰を突き上げてくるたび、背骨が石壁にこすれて、ダーナの股《もも》はさらに大きく開かされてしまう。片方だけ爪先立《つまさきだ》ちになった不自然な格好で、あまりに深い角度で突かれて、ダーナは大きくのけぞった。

そんなダーナの耳たぶを嚙《か》んで、グリフィスがささやく。

「悪いな。夜まで待てなかった。おまえは？　待ちたいか、ダーナ？」

「あ…っ、いや…っ」

ゆるく引き抜いてゆかれそうになって、ダーナがいやいやと首を振る。誘うように開かれたダーナの唇は、ふっくらとしたエロティックな男の唇で、荒々しくふさがれた。

「そうだ。俺を欲しがれ、ダーナ。俺の前では野獣でいい。おまえが好きだ。おまえのすべてが欲しい。俺を愛してくれ、ダーナ」

「ああ、グリフィス…、グリフィス、大好きだよ。愛してる。グリフィスの顔を見せて」

変化に満ちたあまりにも忙しい日々の中で、グリフィスは事あるごとにダーナを抱いた。

場所はどこでも構わなかった。今のように建物と建物の間の狭すぎる場所でも、明るい森の中の木の下でも、昼となく夜となく、時間が空きさえすれば、グリフィスは人目を気にせず、寸暇《すんか》を惜しんで婚約者に会いにゆく。

　そんな自分たちの領主を、領民たちは微笑みと戸惑いと尊敬をもって迎えた。

　ダーナという宿敵ウェントワースの領主の妹でさえ、ブリンモアの民は受け入れた。彼女のおかげでウェントワースとの交易が盛んとなり、市場は活気を帯び、自分たちの暮らし向きは確実に良くなってゆこうとしている。実のところ、それはウェントワースも同様で、鷹狩りの獲物が増えたことで、リリイの子孫たちが多くの貴族の館で飼育されるようになるのだが、それはまたのちの物語だ。

　かつて恐怖の対象だった領主が、ダーナというウェントワースの白い美女に向ける男らしい微笑みは、人々を驚かせ心を浮き立たせた。

　しかも、イングランド国王ウィリアムが彼を正式に息子と認め、彼の母であるオリヴィアを王城へ迎えたことは、人々に衝撃をもって伝えられ、自分たちの領主を誇る気持ちを引き起こす。

　シーシュモスの野獣と噂《うわさ》され、人々に恐怖心をばらまいていた存在は、過ぎ去りし日の伝説となった。そして今や豊かになったブリンモアには、愛することに貪欲《どんよく》な、微笑《ほほえ》ましくも頼れる領主が住んでいるのだった。

「ダーナ、愛している。そばにいてくれ。ダーナ、俺の天使」

「そばにいるよ、グリフィス。ずっと、ずっと…！」

愛し合うたび、心に届く愛は深くなり、圧倒的な重たさでダーナを満たしてゆく。

「あ―――」

グリフィスがダーナの中で果て、ダーナもまた、奇跡のように同じ瞬間に達する。

熱い塊《かたまり》を奥に残したまま、グリフィスの両腕がダーナの身体を強く抱きしめた。

ずっと一緒に生きていこう。

夜明けの一刻も、明るい真昼も、秘密を隠す黄昏《たそがれ》の一瞬も、真実が輝く星々の夜もずっと。

父が創り、母が創り、そのまた前の祖先に創られてきたこの命を、ふたりで抱きしめ合って生きてゆこう。

自分たちには生きる価値があるのだから。

自信を見失ったときには、互いを見つめて、瞳の中の自分という存在を抱きしめよう。

長いこと欠けていた半身を、互いの魂の中に見つけたふたりは、そうして結婚式までの甘く熱い日々を、感謝と感動の中で過ごしてゆくのだった―――。

あとがき

シフォン文庫では初めまして。花衣沙久羅《かいさくら》です。こんにちは。

ちょっと長いタイトルになりましたが、『野獣は黄昏《たそがれ》の森で愛に出逢う』、いかがでしたでしょうか。

基本的にドラマティックな恋物語が大好きで、ずっと書き続けてきました。ロミジュリ系やヴァンパイア系など、障害が大きければ大きいほど燃えるのは恋愛物の王道でしょうか。

最近強く思うのですが、恋愛ってほんとうに、自分と向き合うこと、なんですよね。

人は自分自身を映し出す鏡。相手と深く愛し合うということは、自分の内側をもえぐられ、本質を思い知らされるという試練の時、すなわち成長の機会でもあるようです。

これは恋愛に限らないかもしれませんが、人間関係の基本って、やっぱり思いやりだなって思うんです。

自分を大切に思ってくれる相手のことは、どんな形であれ大切にすると思います。

恋愛のほんとうにすてきなところは、人生の刺激とかスパイスとかいうところではなくて、そうやって相手のことを心から大事にできるようになる、思いやるということの意味を本気で考えられるようになる――そういうところにあるような気もするのです。

だから、恋愛はむずかしいです。

だからこそ、恋愛を書きたいのかもしれません。

そんなことをつらつらと思う日々の中、ウェントワースとブリンモアという宿敵同士でありながら、互いの瞳の中に同じ孤独を見いだして惹かれ合ってしまった男女の純愛が書きたくなり、ダーナとグリフィスの愛の物語が生まれてきました。

生きてゆくことは、それだけでしんどい時もあったりします。この物語を読んでくださった方の日常のつらさや疲れた心に、少しでも癒しの気分が流れてくれればいいなあと思います。

今回は初めて、あの緒田涼歌《おだりょうか》先生にイラストをつけていただけました。

ドラマティックな絵の数々には、目を瞠らされました。おかげさまで本当に素晴らしい本になったと心から感謝しています。どうもありがとうございました！

これからも、読んでくださる方が元気になってくれる物語めざして精進したいと思います。

また、お目にかかりましょう！

花衣　沙久羅

シフォン文庫をお買い上げいただき、ありがとうございます。
ご意見・ご感想をお待ちしております。

あて先

〒101-8050　東京都千代田区一ツ橋2-5-10
集英社 シフォン文庫編集部 気付
花衣沙久羅先生／緒田涼歌先生

野獣は黄昏の森で愛に出逢う

2013年6月9日　第1刷発行　シフォン文庫

著　者　花衣沙久羅
発行者　鈴木晴彦
発行所　株式会社集英社
〒101-8050東京都千代田区一ツ橋2-5-10
電話 03-3230-6355（編集部）
03-3230-6393（販売部）
03-3230-6080（読者係）
印刷所　株式会社美松堂／中央精版印刷株式会社

※定価はカバーに表示してあります

ISBN 978-4-08-670027-6 C0193

「きみは僕を好きになるんだ――」

しらせはる
イラスト／春乃えり
Cf シフォン文庫

宮廷魔女のキャロルは、仲良しの姫君たちから婚約者候補の王子を見てきて欲しいと頼まれた。だけど、魔法に失敗し空から落ちたキャロルに王子が一目惚れしてしまい、熱く口説かれて…？